당신만
흔들리고
있는 건
아니야

당신만
흔들리고
있는 건
아니야

아 주 짧 은 초 상 화

한승오 지음

차 례

이게 사랑일까 007

조금은 덜 외로울 거 같으니까 019

국적이 없으면 어때? 035

당신만 흔들리고 있는 건 아니야 049

은혼식 061

어쩌면 고마운 일인지 모른다 073

내 땅에 나를 묻어라 085

괜찮아요, 엄마 095

나하고는 전혀 다른 꿈을 꾸고 싶어요 107

눈물은 흘리지 않으려고 했다 123

최소한의 나를 지켜냈을 뿐이에요 143

썰물 같은 나날들 157

법대로 해 177

비타민 좀 주세요 193

망치 혹은 손 207

작가의 말 217

이게 사랑일까

진영공업사에서 농기계 수리 기술자로 일하는 그는 벌써 열흘째 집에만 박혀 있다. 여기 장곡마을 인근에서는 공업사가 그곳 하나밖에 없는데, 일하는 사람은 그와 정 사장 딱 둘뿐이다. 이앙기나 콤바인, 트랙터 같은 복잡한 기계의 수리는 그의 몫이다. 정 사장은 경운기나 예초기 같은 간단한 기계를 고치는데, 거기서 엔진 고장과 같은 복잡한 문제에 부딪히면 그 수리도 그의 손으로 돌아온다. 공업사에 오는 사람들은 당연히 그를 찾는데, 그의 빈자리를 알게 된 사람들은 결국 고장 난 기계를 가지고 읍내까지 나가야 했다. 이전에도 종종 술 때문에 결근하곤 했지만, 그 결근이 이렇게까지 길게 이어진 적은 없었다.

같이 사는 여자가 그에게 전화기를 건넨다.

"류 기사, 오늘도 안 나올 거야?"

정 사장의 목소리다.

"오늘까지 안 나오면 나도 어쩔 수 없어."

정 사장의 목소리는 카랑카랑하지만 조금 맥이 빠져 있다. 무슨 대꾸를 하고 싶은데 그는 목소리가 잘 나오지 않는다. 밝은 아침인데도. 여자가 옆에서 그를 빤히 쳐다본다.

"그래 알았어. 그렇게 마음대로 살아봐."

12년을 함께 일한 정 사장의 최후통첩 같은 말에 그는 막힌 숨을 뱉듯 겨우 한마디 한다.

"나도 내 마음을 모르겠어……"

갑자기 여자가 전화기를 확 채간다.

"사장님! 사장님!"

이미 정 사장은 전화를 끊은 듯하다. 여자가 그를 노려보며 전화기를 방바닥에 던진다. 나뒹구는 소주병에 부딪힌 전화기에서 배터리가 떨어져 나간다.

그와 여자는 5년 전에 만났다. 당시 30대 후반의 노총각이던 그는 공업사 한쪽 구석의 쪽방에서 혼자 살고 있었다. 그의 곁에는 늘 기름때가 낀 장갑과 스패너, 펜치, 드라이버 따위들, 그리고 담배와 술밖에 없었다. 고향은 논산이지만, 그곳을 떠난 지는 오래되었다. 고등학교를 졸업하자마자 서울에서 공장 생활을 시작했고 나중에는 문래동 마치코바(영등포역 앞에서부터 문래동에 이르는 골목길에 있는 영세공장들을 일컫는 말이다. 보통 공장 하나에 한두 명이 일하고 쇠를 깎거나 다듬는 작업을 한다)를 전전하며 기계와 쇠를 다루는 기술을 익혔다. 마치코바에서는 휴일도 없이(설날과 추석 외에는 쉬는 날이 없었다) 밤 늦게까지 일하고 술을 먹고 잠자는 생활을 반복했다. 그 때문인지, 아니면 숫기 없고 혼자 있기를 좋아하는 성격 때문이었는지, 그는 여자를 만나지 못하거나 혹은 만나지 않았다. 가끔 영등포역 앞 사창가 여자들과의 짧은 잠자리를 돈을 주고 살 뿐이었다. 어떻게 해서 여기 진영공업사까지 흘러들어 왔는지는 그 자신도 명쾌하게 설명하지 못했다. 살다 보니까 그렇게 되었다는 말 외에는. 이곳저곳을 기웃거리며 한곳에 정착하지 못하고 이주를 거듭하는 사람이라면, 누군들 안 그렇겠는가.

그와 엇비슷한 나이의 여자(주변에서 그녀의 나이를 정확하게 아는 사람은 아무도 없다)도 여기가 고향이 아니다. 들려오는 말에는 광주가 고향이라 했지만, 여자의 입에서 직접 들은 사람은 없었다. 여자가 마을에 들어오기 전에, 홍성 읍내의 술집 여자였다거나 노래방 도우미였다거나 티켓 다방 여자였다거나 하는 그렇고 그런 말들도 진영공업사를 들락거리는 남자들의 입에 오르내렸다. 남자들은 여자를 몸이 단 암컷이라고 히죽거리며 침을 삼켰다. 그를 만났을 때도 여자는 이미 다른 남자의 여자였고 그 이전에는 또 다른 남자의 여자였다. 그가 몇 번째 남자인지는 알 수 없었다. 여자는 그것을 헤아린 적이 한 번도 없었고 그는 그것을 헤아리는 게 싫었다.

어느 봄, 면민 체육대회 날이었다. 초등학교 운동장 한쪽에 펼쳐진 장곡마을 천막 밑은 점심때를 맞아 밥과 술을 먹는 사람들로 북적댔다. 그도 잠깐 짬을 내서 공업사를 나와 천막 밑에 펼쳐져 있는 식탁에 혼자 앉았다. 천막 한쪽 구석에서는 마을 여자들이 커다란 솥을 LPG 가스 불에 걸어놓고 육개장을 끓이고 있었다. 그 무리에 섞여 있던 여자가 식탁에 앉은 그를 보고 육개장 국밥 한 그릇과 막걸리를 가져왔다. 여자는 국밥을 식탁에 내려놓으며 그의 어깨에 자기 엉덩이를 슬쩍 비볐다. 국밥에 말린 두꺼운 소고기 살점 같은 그 여자의 뭉글뭉글한 살집에 그의 어깨는 살짝 떨렸다.

"바쁜 류 기사가 여기까지 왔네."

여자가 얼굴을 환히 밝히며 그를 큰 소리로 반겼다. 천막 구석의 마을 여자들이 그를 쳐다보았다.

"국밥 금방 내가 말아 온 거야. 뜨끈뜨끈해서 시원할 거야. 어서 먹어."

여자는 아무 말 없이 계면쩍은 웃음만 띠고 있는 그에게 숟가락을 건넸다. 두 사람을 쳐다보던 마을 여자들이 수군거렸다.

"류 기사, 한잔할래?"

여자가 그의 얼굴 옆으로 고개를 조금 숙이면서 두 손으로 막걸리 통을 잡고 술을 따랐다. 단추가 풀어 헤쳐진 분홍빛 셔츠 사이로 여자의 뽀얀 속가슴이 흔들거렸다. 술잔을 든 그의 손이 잠깐 흔들렸고 그는 원샷으로 술을 비웠다.

"한잔?"

여자의 얼굴은 익히 알고 있었지만 그 이름을 모르는 그가 빈 잔을 들고 여자에게 어색하게 술을 권했다.

"이런 날엔 보는 눈이 많아. 깜깜한 밤이면 모를까……"

여자는 그의 귀에 입을 가까이 대고 끈적한 숨을 토하며 말을 슬쩍 흘리고 몸을 돌렸다. 걸음걸이에 따라 출렁이는 여자의 작고 통통한 뒤태를 그는 멍하니 쳐다보았고, 그런 자신을 주시하고 있는 주변의 눈들을 전혀 의식하지 못했다. 그는 여자가 가져다준 국밥을 국물 한 방울 남김없이 다 비웠고 술도 다 마셨다. 오랜만에 느낀 식욕이었다. 잠시 후 빈 그릇을 치우러 온 여자에게 그는 아무 말 없이 씨익 웃었다. 여자는 눈을 반짝거리며 눈꼬리를 옆으로 길게 흘렸다. 그날 밤, 그의 공업사 쪽방은 다음 날 아침이 되도록 텅 비어 있었다.

얼마 후, 여자는 그의 여자가 되었다. 혹은 반대로 그가 여자의 남자가 되었다. 둘은 작은 방 하나에 부엌이 딸린 좁디좁고 허름한 빈집을 고쳐서 거기 들어가 살았다. 여자와 같이 사는 동안 그는 아주 가끔 어머니를 생각했다. 어머니도 여자처럼 여러 남자의 여자였다. 그는 자신의 진짜 아버지가 누구인지 모른다. 어린 그와 함께 살았던 어머니의 남자를 아버지라고 불렀을 뿐이다.

"류 기사, 정말 일하러 안 갈 거야? 정 사장이 오늘까지랬잖아!"

짜증 난 여자의 목소리에는 술기운이 조금 묻어 있다. 작은 창을 통해 들어오는 노을빛이 화가 잔뜩 난 여자의 얼굴을 더욱 붉게 물들인다.

"일은 신물이 나도록 해왔어. 그냥 술이나 줘."

그는 손에 든 빈 술병을 흔든다.

"내가 너 같은 인간 술상이나 봐주려고 같이 사는 줄 알아?"

여자의 음성이 앙칼지게 높다.

"집구석에 처박혀 있으면 돈이 나와, 뭐가 나와!"

여자는 벽에 걸린 길고 네모난 거울 앞 방바닥에 책상다리를 하고 앉아 얼굴에 파운데이션을 바른다. 방바닥에는 화장품 몇 개가 여기저기 흩어져 있다.

"불알 두 쪽 찼다고 다 같은 남잔 줄 알아?"

여자는 그의 얼굴이 조금 일그러지는 걸 거울을 통해 힐끗 쳐다본다.

"어이, 이 시간에 어딜 가려고 화장이야? 너 남자 많지?"

그의 말에 여자는 한마디 대꾸도 없이 계속 화장만 한다. 그는 비틀거리는 걸음으로 부엌에 가서 싱크대 옆 구석에 놓인 소주 박스에서 소주를 꺼내온다. 소주가 몇 병 남지 않았다. 그는 맥주를 따라 마시는 큰

유리컵에 소주를 콸콸 붓는다. 안주는 아무것도 없다. 아니, 술 이외에는 아무것도 필요 없는 지경에까지 이르렀다.

"왜 대답이 없어? 셀 수도 없이 많아서 그래?"

진영공업사를 오가는 남자들이 지난 5년 동안 그에게 물어다준 여자에 관한 소문은 한둘이 아니었다. 류 기사, 여자가 어떤 남자랑 술집에서 같이 술을 먹더라. 류 기사, 여자가 어떤 남자랑 읍내 모텔에 들어가던데. 류 기사, 여자가 이제는 남자를 집으로 불러들인다는데 그거 알아? 그동안 그렇고 그런 소문들을 그가 여자에게 직접 확인한 적은 한 번도 없었다. 여자에게 대답을 요구할 권리(혹은 자격?)가 과연 자신에게 있는 건지, 혹은 여자의 입에서 나오는 대답을 과연 자신이 감당할 수 있을 건지를 확신하지 못했기 때문이다.

"그걸 내가 왜 대답해야 돼. 난 니 여자가 아냐."

거울을 뒤로하고 그를 향해 돌아앉은 여자는 가늘게 찢어진 작은 눈으로 그의 큰 눈을 뚫어질 듯 쏘아본다.

"그래…… 그런 거였어…… 난 니 남자가 아니다……"

그는 유리컵에 든 소주를 단숨에 들이켜고 다시 소주를 콸콸 붓는다.

"이봐, 그럼…… 그러면…… 우린 뭐야?"

그는 여자 눈을 똑바로 쳐다보지 못하고 소주가 가득 담긴 유리컵만 바라본다.

"우리? 좆도 아닌 거지."

여자는 단 1초의 망설임도 없이 대꾸한다. 문득 그는 딴 남자를 쫓아 집을 떠나던 어머니를 떠올린다. 안방 화장대 앞에서 짙은 화장을 마친 어머니는 작은 손가방 하나만 달랑 들고 대문을 나섰고 어린 그는 방문을 빼꼼히 열고 어머니의 뒷모습을 뚫어져라 쳐다보았다. 어머니는 그에게 잘 지내라는 말도 하지 않았고 그를 향해 고개를 돌리지도 않았다. 그는 유리컵을 손에 들고 다시 소주를 벌컥벌컥 들이켠다. 여윈 목에 굵게 드러난 목젖이 꿀컥꿀컥 흔들리고 소주 방울이 목젖을 타고 줄줄 흘러내린다. 술 때문인지, 아니면 다른 무엇 때문인지 그의 큰 눈은 반쯤 감긴 채 젖어 있다.

"어이, 이봐…… 우린 5년 동안 같이 살았잖아. 그게 좆도 아니라고? 그래, 맞아. 니 말이 맞을 거야. 우리 같은 싸구려 인생들은 말이야…… 씨팔, 좆도 아니라고!"

잔뜩 혀가 꼬인 그의 목소리가 갑자기 높아진다.

"병신 육갑을 떠네. 그걸 이제 알았어?"

"어이, 이봐. 그래도 말이야…… 아무리 값싼 시간들이라 해도 말이야…… 그걸 싹 지워버릴 수는 없어."

힘 빠진 목소리로 말한 뒤 그는 가만히 여자를 쳐다본다.

"그런다고 달라지는 건 아무것도 없어."

여자는 상대할 필요도 없다는 듯 등을 휙 돌려 거울을 보며 입술에 립스틱을 바른다.

"어이, 이봐, 난…… 그래도 난…… 니 남자야."

몸을 제대로 가누지도 못하는 그는 엉금엉금 기어가서 여자를 뒤에서 꽉 껴안는다. 여자는 세차게 몸을 흔들며 그의 손을 뿌리친다. 그럴수록 그는 더욱 세게 여자를 껴안는다.

"씨팔, 이거 안 놔!"

여자가 악을 쓰며 몸을 뒤튼다.

"넌, 내 거야."

그가 뒤에서 여자를 뼈가 으스러질 정도로 힘껏 껴안고 여자 귀에 입을 바싹대고 숨을 토하듯 말한다.

"지랄하네."

여자는 더욱 격하게 몸을 흔들고 뒤튼다. 그가 여자를 방바닥에 무너뜨린다. 방바닥에 나뒹굴던 소주병들이 서로 부딪치며 쟁그랑거린다. 한 몸이 된 두 사람이 격한 숨을 내쉬며 버둥거린다. 잠시 후 그가 뒤에서 여자의 몸을 더듬는다. 여자는 몸을 움츠린다. 그의 손이 여자 몸을 더 깊이 파고든다. 여자는 더욱 몸을 움츠리고 그의 손을 막는다. 그가 완력으로 여자 손을 밀어내고 지퍼와 후크를 열고 여자 바지를 벗긴다. 여자는 더 이상 몸부림치지 않는다. 그가 여자를 눕히고 여자 몸에 올라탄다. 숨소리가 뜨겁다. 여자가 그의 바지를 벗긴다.

이게 사랑일까……

그가 넋두리 같은 혼잣말을 입속으로 삼킨다. 여자가 몸을 벌린다.

조금은 덜
외로울 거 같으니까

청심요양병원 치매환자병동 303호 제4병상, 이라고 막힘없이 술술 대답하면서 나는 병상 옆에 서 있는 요양보호사를 물끄러미 쳐다본다. 연푸른색 바지와 반팔 셔츠의 유니폼을 입은 그녀는 병상에 앉아 있는 나에게, 여긴 병원이에요, 집이 어딘지 말해보라니까요, 라고 다시 똑같은 질문을 되풀이한다. 내가 앞서와 똑같은 대답을 한 뒤에, 여기가 내 집이야, 라고 조금 큰 소리로 덧붙이자 그녀는 엷은 웃음을 입가에 머금고 나를 빤히 쳐다본다.

청심요양병원에서 나는 3년 넘게 살고 있다. 용인의 정광산 서쪽 기슭에 있는 병원은 용인 시외버스터미널을 오가는 버스가 하루에 다섯 번밖에 다니지 않는 한적한 곳이다. 병원 가까이에는 마을도 없고 가게도 없어서 병원 앞 버스정류장에 사람들이 서 있는 경우는 극히 드물다. 지금껏 내가 병원 밖을 나가본 적은 한 번도 없다. 아니 정확하게 말하면, 병동의 3층을 벗어난 적도 없다. 엘리베이터나 계단의 출구는 담당 요양보호사의 허락 없이는(늘 닫혀 있는 출구의 키는 네모난 전자식 카드 모양으로 요양보호사들의 목에 하나씩 걸려 달랑거리고 있다) 마음대로 출입할 수가 없다. 아마도 중증 치매환자들의 무단 외출 혹은 무의식적 탈출을 방지할 목적이겠지만, 얼마 전에 내가 친구를 만나러 갈 일이 있다고 담당 요양보호사에게 잠깐 동안의 외출을 정중하게 요청했을 때조차도(이상하게도 그때 나는 약속 시간과 장소, 그리고 친구의 이름을 정확하게 기억해내지 못하고 그녀 앞에서 말을 더듬었다) 그녀는 나에게 엘리베이터 문을 열어주지 않았다. 만약 병원 밖으로 무사히 나간다면? 내가 갈 곳은 딱히 아무 데도 없다.

그런다고 나를 찾아오는 사람이 있는 것도 아니다. 노모는 창원의 고향집에서 홀로 살고 있고 하나뿐인 여동생은 미국에 이민 가서 살고 있다. 내가 요양병원에 처음 입원했을 때 동생이 보호자 신분으로 딱 한 번 왔을 뿐이다. 그때 동생에게 내 입원 소식을 아무에게도 알리지 말라고 신신당부했던 일이 지금에 와서는 가끔 후회되기도 하지만, 그렇게 하지 않았다 한들 누가 나를 찾아왔을까. 찾아오지도 않을 사람들을 기다리며 사는 날들은 또 얼마나 처량하고 한심한가. 어쨌든 삶은 받아들이기 나름이겠지만, 이처럼 답답하고 심심한 병원에서의 거주 기간이 앞으로 얼마나 더 길어질지 나로서는 전혀 알 수 없는 일이며, 그것은 나의 의지와도 전혀 관계없는 일이다. 솔직히 이 거주지를 바꿀 만한 능력이 과연 나에게 객관적으로 있는지는 잘 모르겠지만, 그럴 생각이 아예 없다는 점만은 분명하다.

병원에 처음 들어왔을 때처럼 지금도 여전히 나는 303호 병실의 막내다. 사실, 막내라는 말은 어폐가 좀 있다. 303호의 다른 일곱 개 병상을 차지하고 있는 여자들은 70대가 세 명, 80대가 세 명, 그리고 90대가 한 명이다. 순수하게 나이로 따지자면, 나는 막내가 아니라 그들의 자식뻘이다. 그래서일까, 내 병상은 병실 출입구의 바로 오른쪽에 있고 맞은편에는 화장실이 있다. 병실을 오가는 사람들과 화장실을 들락거리는 사람들 때문에 내 병상 주변은 늘 시끄럽고 번잡스럽지만, 어찌 보면 잘된 일이다. 병실 문을 여닫을 때마다 바깥 공기를 조금이라도 더 들이마실 수 있으니까. 병실 안에는 밥과 반찬 냄새, 늙은 여자들 기저귀의 똥오줌 냄새, 늙은 사람들의 몸 냄새, 약물 냄새, 방향제 냄새 따위가 마구 뒤섞여서 치매 환자 병실 특유의 뜨뜻미지근하고 퀴퀴한 냄새가 만들어지는데, 날이 갈수록 그 냄새에 점점 더 무뎌지고 있는 내 모습을 언뜻언뜻 확인할 때마다 나는 그런 나 자신이 점점 더 낯설어진다. 아마도 이 병원 환자들 중에서는 내가 가장 젊은 사람일 것이다. 물론 5층까지 있는 병실들을 내 눈으로 일일이 확인한 것은 아니니, 나의 추측은 틀릴 수 있다. 제발 그랬으면 좋겠다. 조금은 덜 외로울 거

같으니까.

4년 전 어느 봄날 오전 11시쯤, 나는 연세대학교에서 '비교문학과 번역'이라는 과목의 강의를 마치고 다음 강의가 예정되어 있는 동국대학교로 가려고 신촌 전철역으로 걸어가던 중 갑자기 길에서 정신을 잃고 쓰러졌다. 행인들의 도움으로 세브란스병원으로 옮겨진 나는 신경외과 병동에 석 달 동안 입원해 있으면서 뇌경색 치료를 받았다. 그 후유증으로, 예전보다 조금 뻣뻣해진 오른쪽 팔다리와 단기기억상실증이 내 몸에 남았다. 담당 의사는 단기기억과 장기기억에 대해서, 또 기억 상실과 치매에 대해서 나에게 길게 설명했지만, 그때나 지금이나 나는 단기기억상실증이 실제로 내 육체와 정신에 어떤 장애를 안기고 있는지는 실감하지 못한다.

어쨌든 그 탓에 나는 모든 생계 수단을 잃고 요양병원에 입원해야 했다. 그것은 반쯤은 나의 뜻이기도 했고 또 반쯤은 엄마와 동생의 뜻이기도 했다. 내가 요양병원 입원을 선택함으로써(당시 집안 상황에서는 다른 선택지가 전혀 없었으므로 엄마는 나의 선택에 침묵으로 동의했고 동생은 비싼 국제전화를 걸어오면서까지 적극 동조했다), 경제 능력이 전혀 없던 엄마는 기초생활수급자가 될 수 있었고, 미국에서 두 아이를 혼자 키우며 늘 돈에 허덕이던 동생은 내 소유의 20평형 아파트를 처분해서 목돈을 손에 쥘 수 있었고, 나는 요양비 전액을 국가에서 지원받을 수 있었다. 마침내 나는 지난 이십여 년 동안 어깨에 올려놓고 끙끙대며 져왔던 가족 부양이라는 해묵은 짐을 일거에 내려놓았다. 더욱이 애국심이라고는 털끝만큼도 없는 내가 나랏돈을 받아서 살게 되다니…… 이를 뭐라고 말해야 할까. 신의 위로 같은 것일까? 만약 그러한 신이 있다면 하는 말이지만.

이런 나를 청심요양병원은 치매 환자로 분류했고, 또 실제로 그렇게 취급했다. 담당 요양보호사는 매일 아침 식사 후 나에게 이름, 나이, 가족 관계, 고향, 집 주소, 직업 따위를 시시콜콜하게 묻는다. 마치 인구주택총조사를 하는 조사원처럼 무미건조하게. 그녀의 질문은 늘 비슷하거나 똑같은 내용의 단편적인 것들인데, 나에게는 그것들이 늘 낯설고 새롭게 느껴지는 것은 왜 그런지 모르겠다. 지금까지 그녀와 대화를 나누면서 그녀에게 왜 그런 것을 자꾸 물어보는지 내가 물어본 적은 단한 번도 없다. 그녀의 대화 스타일을 방해하고 싶지 않기 때문이다. 병원에서 나에게 말을 걸어주는 사람은 그녀가 유일한데, 그런 사소한 말한마디에 수가 틀려 그녀마저 나에게 말을 걸지 않는다면…… 그런 경우는 정말 상상하고 싶지도 않다. 병실의 다른 여자들은 아무 말 없이 눈만 멀뚱멀뚱 뜬 채 그저 먹고, 싸고, 잘 뿐이다. 난 그들과 다르다.

여전히 입가에 웃음을 머금은 채 요양보호사가 또 나에게 묻는다.
"엊그제 면회 온 사람 누구예요?"
"몰라."

나의 반말에도(그녀에게 높임말을 한 적은 아직 한 번도 없다. 또 그녀의 나이를 물어본 적도 없다) 그녀는 개의치 않고 다음 질문을 이어간다. 이럴 때의 그녀를 보면, 꼭 상대방 반응에 자기감정을 최대한 노출시키지 않고 매끄럽게 대화를 이끄는 노련한 감정 노동자 같다. 그게 우리 대화를 매일매일 이끌어가는 보이지 않는 힘인 것 같아서 나도 가급적 감정을 노출시키지 않으려 노력하지만, 그녀에 비하면 미숙하기 그지없다.

"입원한 뒤 처음으로 누군가 찾아왔는데도 몰라요?"

나는 영문을 모르겠다는 표정으로 그녀를 쳐다보며 약간 짜증 섞인 목소리로 말한다.

"누가 왔다는 거야?"

"어떤 여자분이 왔었잖아요. 기억 안 나요?"

"안 나."

나는 더 이상 생각하고 싶지 않다는 듯 잘라 말하지만, 그녀는 대화의 끈을 쉬 놓지 않는다. 그게 그녀의 직업적 근성인지 타고난 천성인지는 알 수 없지만, 여하튼 그녀는 나보다 더 끈질기다.

"언뜻 보기에는 아주 친한 친구분 같던데…… 전혀 생각이 안 나요?"

이상하게도 가까운 시간의 일일수록 나에게는 더욱 멀고 흐릿하다. 면회를 왔다고? 언제? 누가? 요즘은 기억이 나를 구성하는 것인지 아니면 내가 기억을 구성하는 것인지 잘 모르겠다. 이도 저도 아니면 나의 기억과 기억 속의 나는 완전 별개인지도 모른다. 아련한 꿈속 이미지가 되살아나듯 아주 멀리서 어슴푸레 떠오르는 그 여자의 얼굴 생김은, 마치 수채화에 칠해진 물감이 물에 번져 사물의 경계선들이 희뿌옇게 망가지듯이 이목구비가 불확실하게 뭉개져 있고 흐릿하다. 단지 그 여자의 목소리 톤만이 귓속에서 살아 쟁쟁거린다. 나는 뿌옇게 흐려진 기억을 더듬으며 혼잣말처럼 중얼거린다.

 그 여자가 병상 옆에 서서 애틋한 눈빛으로 나를 쳐다보며 조금 떨리는 목소리로 입을 열었어.

 영미야, 좀 어때?

 병상에 앉은 나는 오랜만에 들어보는 내 이름이 너무 어색했어. 난 종종 내 이름마저 까먹으니까. 난 고개를 갸웃하며 물었어.

 근데, 누구세요?

 나야, 혜숙이. 기억 안 나?

 그녀 눈에 조금 실망한 빛이 설핏 비쳤어. 내가 계속 어리둥절한 표정으로 쳐다보자, 그녀는 병상으로 다가서며 내 손을 꼭 잡고 조금 큰 소리로 말했어.

 같은 과 단짝이었잖아. 영문학과 78학번 정혜숙, 정. 혜. 숙.

 자신의 이름을 또박또박 말한 후 그녀는 내 손을 좀더 꼭 쥐며 내 곁으로 바싹 다가왔어. 조금 안쓰러운 표정을 지으며. 나는 뒤로 약간 물러나 앉으며 그녀를 요모조모 뜯어보며 말했어.

얼굴은 혜숙이하고 비슷하긴 한데…… 아줌만 너무 늙었어.

아줌마? 얘는 친구한테…… 아니, 그 말도 맞는 말이지. 이제 쉰다
섯이니.

쉰다섯이라는 그녀의 말에 난 놀라서 눈을 동그랗게 뜨고 나직이 말
했어.

난 스물한 살인데……

순간 그녀의 눈이 조금 흔들렸고 내 손을 잡은 손이 슬그머니 풀렸어.
나는 재빨리 손을 빼내며 헛기침을 몇 번 한 후 작은 목소리로 말했어.

혜숙이한테 좋은 남자 소개해주기로 했는데…… 연락이 잘 안 돼.

영미야, 나 결혼했잖아. 그때 네가 소개해준 그 남자랑. 너도 결혼식
에 왔었고.

아줌마가 혜숙이한테 연락 좀 해줘. 놓치기 너무 아까운 남자야.

영미야, 내가 바로 그 혜숙이야.

아니야, 내 친구 혜숙인 더 젊고 더 예뻐.

결국 그녀는 나에게서 눈을 돌리고 어색하고 쓸쓸한 웃음을 머금었어.
당신도 그 여자 얼굴 봤지? 눈가에 잔주름이 자글자글하고 볼살이 축
처진 그 아줌마 말이야. 말도 안 돼, 그 여자가 내 친구 혜숙이라는 건.

요양보호사가 또 나에게 묻는다.

"그럼, 언닌 몇 살이에요?"

요양보호사의 나이가 정확히 몇 살인지는 모르지만, 얼굴만 봐서는 나보다 나이가 훨씬 많아 보이는 그녀가 나를 언니라고 부르는 게 난 너무 싫다. 난 당신처럼 그렇게 늙지 않았어, 라고 말하고 싶지만 속으로 꾹 참는다. 내가 아무 말 않고 그녀를 쏘아보자, 그녀는 다시 묻는다.

"진짜 몇 살이에요?"

나는 아무 망설임 없이 당연하다는 듯 나직이 내뱉는다.

"스물한 살."

"얼마 전에는 서른 살이라고 하더니…… 오늘은 스물한 살이에요?"

내가 그녀에게 서른 살이라고 대답한 기억은 없다. 아니, 나를 보고 서른 살이라니. 생각하고 싶지도 않은 나이다.

"언니는 거울도 안 보나 봐요? 누가 그 얼굴을 스물한 살이라 그래요?"

그녀 말대로 나는 거울을 거의, 아니 아예 보지 않는다. 드문드문 새치가 보이는 성근 머리카락에 앞머리와 뒷머리가 짧게 잘려 있고 푸른색 세로 줄무늬가 쇠창살처럼 그려진 허연 환자복을 입은 내 모습을 보면 마치 감옥에 갇힌 죄수처럼 보인다. 특히 앞니 하나가 빠져나간 뒤부터는 화장실 거울에조차 눈길을 주지 않는다. 그녀가 눈에 띄지 않게 살짝 웃으며 묻는다.

"그때가 좋았나 봐요?"

좋았냐고? 나는 그녀를 의아하게 쳐다보며 혼잣말처럼 중얼거린다.

　5월에 내려졌던 전국 대학 휴교령이 넉 달 만에 풀린 후, 차가운 초
겨울 공기가 묻어나던 늦은 가을날 어느 아침. 3학년 전공 필수과목인
'현대영문학강독' 수업이 진행 중인 2동 205호 강의실. 나는 스무 명
남짓한 수강생들 속에 강의실 중간 자리쯤에 앉아 한 손으로 책상에 턱
을 괴고 고개를 푹 숙인 채 볼펜을 든 손으로 괜히 노트에 뭔가를 끼적
거리고 있어. 칠판에 비스듬히 걸린 투명한 햇살, 강의실 공기를 공허
하게 가르는 교수님 목소리, 출석부에서 불리는 낯익은 이름들과 뒤따
르는 대답들, 그중 유일하게 응답 없는 이름 정혜숙, 깊고 짧은 침묵에
뒤따라 물비늘처럼 흔들리는 눈빛들. 스콧 피츠제럴드의 『위대한 개츠
비』 원서 책장이 한장 한장 메마르게 넘어가는 소리들 속에서, 중앙도
서관 5층 창문 난간에 아슬아슬하게 서서 한 손으론 유인물 뭉치를 흩
뿌리고 다른 손으론 빨간 확성기를 들고, 학우여! 광주 민중을 학살한
전두환은 우리의 봄을 빼앗고…… 라고 외치던 혜숙이의 카랑카랑한
목소리가 생생하게 살아서 들려와. 그때 혜숙인 청바지와 하얀 티셔츠
를 입고 어깨까지 내려오는 머리를 뒤로 모아 묶은 채 그 꼭대기에 홀
로 서 있었어. 난 거기서 백여 미터 떨어진 1동 302호 강의실 안 창문
가에 서서 걔를 멍하니 쳐다보았을 뿐이고.

요양보호사가 또 나에게 묻는다.

"다른 친구는 없어요?"

"없어."

"남자 친구는요?"

"몰라."

"사랑하는 사람 없었어요?"

"모른다니까."

"그러지 말고 연애 얘기 한번 해봐요."

연애? 내 얼굴이 발갛게 달아올랐는지 요양보호사가 나를 보고 슬며시 웃는다. 나는 그녀를 한번 흘겨본 후 흐릿한 기억의 실마리를 더듬어나가듯 희미한 목소리로 중얼거린다.

나는 시사영어학원 강사, 세 살 연하의 그 남자는 나의 '기초영문법' 강좌 수강생. 그렇게 만났어. 처음에는 그 남자가 뽑아온 학원 자판기 커피를 한두 번 같이 먹다가 그의 데이트 신청에 레스토랑에서 저녁을 같이 먹었어. 그러다가 영화도 같이 보러 가고 서울대공원에 가서 놀이기구도 타고 그랬어. 누구나 하는 평범한 연애, 그런 거였어. 그러면서 알게 모르게 정이 붙어버린 그런 사이. '기초영문법' 강좌의 마지막 수업이 끝난 날 단둘만 남은 빈 강의실에서 그 남자가 프러포즈했어. 누나, 우리 결혼해요, 라는 단 한마디였어. 난 아무 대답도 하지 않았어. 안

될 결혼이라 생각했거든. 하지만 그 남자의 간곡하고 끈질긴 구애에 결국에는 그의 부모님께 인사를 하러 갔어. 남자 집은 꽤 잘살았어. 그렇다고 대단한 부자는 아니고. 그의 어머니가 에둘러 말하더군. 양쪽 집안이 잘 맞지 않는다고. 세 살 연상의 가난한 집 딸을 며느리로 반길 시부모가 세상 어디에 있겠어? 이후에도 그 남자는 나를 포기하지 않았어. 그는 둘만 좋으면 되는 거라고 했지만, 당신도 알다시피 결혼은 둘만의 문제가 아니잖아. 내가 그를 깨끗이 포기했어. 그렇게 끝났어. 시간이 흐르면 자연스레 잊힐 거라 생각했지만, 잘 잊히질 않아. 그 남자가 아직 바로 곁에 있는 것처럼. 그래도 싹 잊고 싶어.

요양보호사가 또 나에게 묻는다.
"가족은 누가 있어요?"
"몰라."
"어머니와 여동생이 있잖아요."
"몰라."
"아니, 왜 그래요? 두 분과 사이가 나빴나요?"
엄마와 동생? 나는 이맛살을 찌푸리며 한참 허공을 쳐다보다 어렵게 입을 연다.

생각이 잘 안 나. 엄마와 동생 얼굴이. 어떤 때는 엄마와 동생이 아예 없다는 생각도 들고. 다른 모든 것들은 망각하더라도 엄마와 동생만은 잊을 수 없을 거라 생각했어. 하지만 다른 모든 것들처럼 그들도 점점 잊혀져가는 거겠지. 이상한 기분이지만 여하튼 홀가분해. 오래전에 오빠가 암으로 죽고 연이어 남동생이 교통사고로 죽은 후부터는 엄마와 동생을 바라지하는 일은 온전히 내 몫이었어. 대학을 졸업하자마자 대학 시간강사와 학원 강사 노릇에 틈틈이 번역 일까지 하면서 정신없이 쫓아다녔지. 난 그 짐을 벗어버릴 수도 없었고 애써 벗어버리려고도 하지 않았어. 내 몸에 붙어 있는 뗄 수 없는 혹이라 생각했지. 그러다가 이렇게 꽝하고 터져버린 거야. 마치 늘 다니던 길을 무방비 상태로 걸어가다가 누군가가 몰래 묻어둔 지뢰를 밟은 것처럼. 내 몸에 붙어 있던 혹은 물론이고 나 자신까지 산산이 터져 없어진 거지. 당신이라면 그 길을 다시 걸을 수 있겠어? 아니, 한 걸음이라도 다시 내디딜 수 있겠어?

요양보호사가 나에게 또 묻는다.
"집은 어디예요?"
아까 그녀가 물었던 질문인 것 같아 나는 잠시 그녀를 처다보며 대답을 망설이다가, 아무려면 어떠랴 싶어 막힘없이 술술 대답한다.
"청심요양병원 치매환자병동 303호 제4병상."
"여긴 병원이고, 집이 어디냐고요?"

그녀가 요구하는 대답이 무엇인지 모르겠지만, 그건 나와는 상관없는 일이다.

"청심요양병원 치매환자병동⋯⋯"

"아니, 병원 오기 전에 어머니랑 같이 살던 집 말이에요."

"그런 집은 없어."

건조하고 나직한 나의 대답에 그녀는 나를 빤히 쳐다보며 무미건조한 웃음을 머금는다. 나 또한 그녀를 멀뚱멀뚱 쳐다보고 살짝 웃는다.

국적이 없으면 어때?

여권과 외국인등록증, 그리고 가벼운 옷가지만 챙겨 들고 무작정 집을 뛰쳐나온 나는 읍내에 있는 크리스티의 원룸으로 갔다. 나와 스물여덟 살 동갑인 그녀는 나처럼 5년 전에 필리핀에서 국제결혼 브로커를 통해 한국 남자와 결혼하고 한국에 왔다. 크리스티는 작년에 남편과 사별했다. 결혼 직후부터 간경화를 앓아오던 남편은 그녀에게, 내가 죽더라도 걱정하지 마, 당신 앞으로 보험을 들어놓았으니까, 라고 입버릇처럼 말했다고 하는데, 정작 그 보험금은 그녀의 시누이가 가로채 갔다고 한다. 죽기 직전에 남편이 보험금 수령인을 시누이의 이름으로 바꿔놓은 것을 그녀는 남편의 장례를 다 치른 후 보험회사에 가서야 알았다. 언젠가 그녀는 나에게, 아마도 시누이가 남편을 꼬드겨 그렇게 하자고 했을 거야, 내가 보험금을 받으면 그 돈을 들고 달아날 거라고 했겠지, 남편이 나를 믿겠어, 시누이를 믿겠어? 라고 자조적으로 말했었다. 과부가 된 그녀는 구항 산업단지에 있는 청운타올에 취직했고 다섯 살 난 딸을 데리고 집을 나와 읍내의 원룸에서 살았다. 지금 나는 그녀의 원룸에 얹혀살고 있고 그녀의 소개로 같은 회사에서 일하고 있다.

지난 일요일 저녁, 원룸의 작은 식탁에 마주 앉은 크리스티가 조금 심각한 표정으로, 아델리아 계속 이렇게 살 순 없잖아, 라고 말하며 나의 눈을 빤히 쳐다보았다. 나는 그녀의 시선을 피하며 식탁 위 물컵을 손으로 만지작거렸는데, 그녀는 나를 향한 시선을 거두지 않고, 네 남편이 이혼하겠다고 나서면 어떻게 할 작정이야? 넌 한국 국적이 없잖아, 이혼당하면 그날로 불법체류자 신세야, 라고 말을 이었지만 나는 여전히 아무런 말을 하지 않았다. 나의 계속된 침묵에 답답했던지 그녀는, 그러면 눈 딱 감고 다시 집으로 들어가든지, 라고 목소리를 조금 높여 말했다. '집'이라는 말에 컵을 쥐고 있던 내 손이 조금 떨렸고 반사적으로, 그러긴 죽기보다 싫어, 라고 날카롭게 말한 내 목소리도 조금 떨렸는데, 크리스티는 눈을 크게 뜨고 놀란 듯이 나를 바라보았다.

나보다 열다섯 살 위인 남편은 착하고 순하지만 지능이 조금 모자라고 아둔한 사람이다. 그 모자람이 장애인 등급을 받을 정도로 심한 것은 아니라서 유심히 관찰하지 않으면 모르고 지나칠 정도다. 필리핀에서 맞선을 볼 당시, 나 역시 몰라봤다.

마닐라의 한 호텔에서 맞선을 볼 때, 나는 열다섯 명의 필리핀 여자들 중 한 사람이었고 남편은 다섯 명의 한국 남자들 중 한 사람이었다. 호텔 커피숍의 네모난 테이블 한쪽에 네 명의 필리핀 여자가 앉았고 맞은편에는 한국 남자 한 사람이 앉았다. 나는 네 명의 여자들 중에서 제일 왼쪽에 앉았다. 남자 쪽에는 필리핀 여자 브로커가 앉았고 여자들 쪽에는 한국 남자 브로커가 앉았다. 여자 브로커는 마담으로 불렸고 남자 브로커는 사장님으로 불렸다. 마담이 옆의 남자에게 여자들의 이름, 나이, 고향, 가족 관계, 학력, 직업 따위가 쓰인 종이를 건네며 여자를 한 사람씩 소개했다. 남자는 웃음을 머금고 손가락으로 종이에 쓰인 이름을 짚어가며 여자 얼굴을 한명 한명 천천히 살펴보았다. 그러는 동안 나는 두 손을 얌전히 무릎에 올리고 고개를 조금 숙이고 있었다. 잠시 후 남자는 나직이 '아델리아'라는 이름을 조금은 불명확한 발음으로 천천히 불렀다. 나는 남자를 쳐다보았다. 남자는 나를 보고 웃었다. 나머지 세 명의 필리핀 여자들이 일어나서 자리를 비켰고 남자와 내가 정면으로 마주 보고 앉았다. 마담이 남자의 이름과 나이를 나에게 필리핀 말로 말했다. 김. 선. 호. 서른여덟 살. 나는 남자의 눈을 잠깐 쳐다보았다. 그의 큰 눈은 부드럽고 착해 보였고 나를 보고 웃고 있었다. 잠시 후 마담이 나에게, 시어머님을 모시고 살 수 있어요? 라고 물었고 나는 주저 없이 그렇게 하겠다고 말했다. 마담이 내 대답을 통역해주자 그가 천진스럽게 웃었다. 다시 마담이 나에게, 결혼하면 신랑이 필리핀 고향 집으로 매달 돈을 부쳐주어야 해요? 라고 물었고 나는 잠시 머뭇거리 다, 그러면 좋겠다고 말했다. 마담의 통역을 통해서 내 대답을 들은 그 가 다시 선하게 웃었다.

첫 만남에서 내 눈에 띈 점은 그가 말이 별로 없고 지나치게 잘 웃는 다는 것뿐이었다. 그리고 맞선 본 다음 날 통역이 없는 둘만의 만남에 서도 그는 여전했다. 말없이 내 손을 꼭 잡고 웃음만 지을 뿐이었다. 필 요한 말은 아주 간단하게 했는데, 그조차 한국말이어서 내가 알아들을 수는 없었다. 두 번의 만남을 통해서 나는 그가 덜떨어진 사람이라고는 털끝만큼도 생각하지 않았다. 오히려 성격이 신중한 탓에 말이 별로 없 고, 원만한 사람이라서 잘 웃는 거라고 생각했을 뿐이다.

첫날밤이 조금 이상하긴 했다. 맞선 마지막 날 합동결혼식을 간단히 치른 후 그와 호텔에서 잠자리를 했다. 알몸으로 누워 있던 그는 내가 침대에 눕자마자 내 옷을 벗기기에 바빴다. 낯선 남녀 사이에 있을 법 한 한두 번의 머뭇거림도 없는 그의 급하고 거친 손길은 내 속옷을 찢 어버릴 것 같았다. 가벼운 애무와 속삭임도 전혀 없었다. 그는 발정 난 수컷처럼 숨을 거칠게 내쉬며 몸에 올라탔다. 그는 섹스를 하고 또 했다. 그러고도 또 하려고 했다. 한 번의 섹스와 또 한 번의 섹스 사이에는 그 의 거친 숨소리만이 씩씩거리며 방 안 공기와 침대를 흔들었고 나는 침 대 가장자리로 물러나 몸을 움츠렸다. 나중에는 땀에 흠뻑 젖은 그의 몸뚱이가 역겹기까지 했지만 그를 밀쳐내지는 않았다. 첫날밤이라 그럴 거라고만 생각했을 뿐이다.

만약 내가 맞선 과정에서 그의 저능함과 이상함을 알아차렸다면 그를 퇴짜 놓았을까? 그건 지금 다시 생각해봐도, 뭐라고 확실하게 말하기는 어려울 것 같다. 당시 나는 스물세 살의 미혼모였고 내 딸은 두 살이었다. 고향 남자 친구와의 치기 어린 불장난이 낳은 결과물이었고, 나의 철없음과 어리석음을 탓하는 것만으로는 결코 모면할 수 없는 현실적 굴레였다. 내가 아이를 낳았을 때 그 남자는 나에게서 멀어졌고 마닐라로 떠났다. 나는 집을 떠나 다바오의 코코넛숯 공장에서 일하며 혼자 아이를 키웠다. 적은 임금으로 아이 하나 키우는 것도 힘들었지만 다른 남자와 결혼할 생각은 아예 없었다. 그것은 남자에게 한 번 배신당한 여자가 갖게 마련인 남자를 향한 막연한 두려움이나 혐오감 때문이었는지 모른다. 아니면 세상물정 모르는 철부지의 무모한 결심이었는지도. 그런데 부모님은 내가 살 길(그것은 곧 내 딸이 사는 길이라고 했다)은 국제결혼밖에 없다고 했고, 브로커에게 웃돈까지 얹어주며 나의 결혼을 부탁했다. 당시 브로커에게 들어간 돈은 농사를 짓는 아버지의 1년 벌이와 맞먹는 큰돈이었다. 브로커는 내가 미혼모라는 사실을 맞선 상대에게 비밀로 해주었다. 동시에 그 브로커는 상대 남자가 저능하고 아둔한 사람이라는 사실을 나에게 비밀로 했다. 그와 나는 서로의 결격사유를 꽁꽁 감춘 채, 그래서 그것을 전혀 모른 채 결혼했다. 그런

면에서 그와 나는 세임 세임이다.

그에게 시집와서 한국 생활을 시작한 내가 한국말을 조금씩 알아들을 무렵, 시어머니는 저녁 밥상을 차리던 나에게, 남들은 돈도 잘 벌어 온다는데 넌 뭐하니? 필리핀 사람들은 영어 잘한다면서? 나가서 영어라도 가르치면 돈도 벌고 좀 좋아, 넌 영어도 못하니? 그런다고 집안 살림을 야무지게 하는 것도 아니고, 이건 어디 하나 쓸 데가 있어야지, 라고 퍼부어 댔고, 밥상 앞에 앉은 남편은 한 손에 수저를 든 채 시어머니의 말이 한마디씩 이어질 때마다 말없이 고개를 크게 끄덕였는데, 그때 내가 알아들은 말은 겨우 '돈'과 '영어', 그리고 '필리핀'이라는 단어들뿐이었지만 시어머니의 마땅찮아 하는 눈빛과 매섭게 날이 선 억양은 말하고자 하는 바를 충분히 전달하고도 남았다. 시어머니와 남편에게는 아쉬운 일이었겠지만, 내 영어 실력은 남을 가르칠 만한 수준이 아니다. 나의 학력은 중학교 졸업이 전부다. 영어를 할 줄 안다고 누구나 영어를 가르칠 수 있는 것은 아니다. 이상한 일이지만, 가끔 내가 영어로 몇 마디 말을 하면 남편과 시어머니는 물론이고 동네 사람들도 나를 대단한 사람처럼 쳐다본다. 물론 그것은 그때 잠시뿐. 평소에는, 나란 인간은 한국보다 못살고 못 먹는 나라에서 돈에 팔려온 피부가 까무잡잡한 별 볼 일 없는 여자일 뿐이라는 게 그들의 눈에서 훤히 드러난다.

하루하루 농사 일품(일당 3만 원)을 팔아 생활비를 버는 시어머니와 경제 능력이 없는 남편은 내가 한국말을 익혀서 하루라도 빨리 돈을 벌어 오기를 바랐다. 그래서인지 그들은 내가 요구하기도 전에 읍내의 다문화가족지원센터 한국어 교실에 나를 보냈다(나중에 안 일이지만, 대부분의 시어머니들은 나 같은 외국인 며느리가 바깥출입을 하는 것을 싫어해서 며느리를 한국어 교실에도 보내지 않는다고 했다. 자기들끼리 어울리게 내버려두었다가는 며느리가 머리에 바람이 들어 남편을 버리고 도망친다는 게 그들이 내거는 이유였다). 고향집에 돈을 보내야 하는 내 입장에서도 하루빨리 돈을 벌어야 했다. 나는 한국어 공부를 열심히 했다. 한국말로 간단한 의사소통을 할 수 있게 되었을 때, 나는 광천맛김에 취직했다. 하루 종일 작업 라인에 서서 구워진 네모난 김을 포장용지에 담는 일이었다. 고되고 힘들었지만 일을 하는 중에는 시어머니의 눈총에서 벗어날 수 있어 꽉 막힌 숨통이 트였고, 나중에 월급을 받아 고향집에 돈을 보낼 수 있다는 희망에 들떠 고된 공장일이 즐겁기까지 했다.

월급은 80만 원 정도였다. 매일 야간 잔업을 하면 백만 원이 될까 말까 했다. 하지만 내 월급은 모두 시어머니의 손에 들어갔다. 월급이 입금되는 은행 통장은 시어머니 방 안의 서랍장 구석에 숨겨져 있었다. 통장에 찍힌 월급의 숫자조차 내 눈으로 직접 볼 수 없었다. 내가 보낼 돈을 목이 빠지게 기다리고 있을 고향 식구들 생각에, 내 월급에서 다만 10만 원이라도 고향집에 보내고 싶어요, 라고 간절히 말했지만, 시어머니는 차갑게 코웃음을 치더니, 니 월급이라고? 그게 니 거라고?

애가 못하는 말이 없네. 너 하나 데려오는 데 들어간 돈이 얼만지 알기나 하니? 10원짜리 하나 꿈도 꾸지 마, 라고 매정하고 단호하게 선을 그었다. 시어머니는 나에게 단 한 푼의 용돈도 주지 않았고 푼돈이 드는 심부름조차 나를 시키지 않았다. 라면 한 봉지 사는 일에서부터 공과금 납부에 이르기까지 돈이 들어가는 모든 집안 살림은 시어머니가 직접 했다. 심지어 속옷조차 내가 직접 사본 적이 한 번도 없었다. 시어머니가 사 온 속옷은 어떤 때는 몸에 꽉 끼었고, 또 어떤 때는 헐렁했다. 몸에 맞지 않는 속옷은 마치 몸속의 이물질처럼 하루 종일 내 몸을 괴롭혔고 내 마음을 긁었다. 나에겐 핸드폰도 없었다. 고향집에 전화 한 번 제대로 하지 못했다. 집 전화로 필리핀에 국제전화를 하는 것은 엄두도 못 낼 일이었다. 정말 급할 때는 공장에서 같이 일하는 필리핀 친구의 핸드폰을 빌려 썼다. 그럴 때는 전화료를 대신해서 그 친구의 공장일을 도와주었다. 언제나 내 주머니 안에는 집과 공장을 오가는 버스비밖에 없었다.

공장을 다니는 중에도, 집안 청소와 빨래, 아침저녁 식사 준비와 설거지는 모두 나의 일이었다. 시어머니는 속옷을 비롯한 모든 옷을 손으로 직접 빨게 했고 세탁기는 탈수 기능만 사용하도록 했다. 내가 힘들어하는 기색을 조금이라도 보이면, 손으로 빨아야 옷은 때가 잘 지고 상하지도 않아, 또 세탁기를 안 돌리니까 전기세를 아낄 수 있잖아, 이걸 일석이조라고 하는 거야, 라며 나를 다그쳤다. 당연히 집 안 청소도 매일 저녁 손으로 걸레질을 해야 했다. 공장에서 돌아온 뒤 저녁 시간은 집안일을 하기에도 모자랐다. 내가 거실 바닥을 걸레질하는 동안 시어머니와 남편은 거실 소파에 앉아 텔레비전 드라마를 봤다. 그들의 집에서 나만의 시간과 공간은 아예 없었다. 자기 어머니 말이라면 토씨 하나 어기지 않는 착하고 순한 남편은 아무런 도움이 되지 않았다. 오히려 그는 전등불이 꺼지는 밤이면 파김치가 된 내 몸을 더듬었고 완력으로 내 옷을 벗겼다. 밀쳐내고 밀쳐내도 기어이 내 몸에 올라타는 그의 집요한 욕망을 도저히 막아낼 수 없었다. 매일 밤이 필리핀에서의 첫날밤 같았다. 밤이 지겨웠고 무서웠다. 아둔하고 집요한 짐승이라는 생각이 들었다. 한 인간을 알아가는 데는 어쩔 수 없이 상당한 시간이 걸리는 것이겠지만, 내가 보낸 그 시간들은 공허했고 또 서글펐다. 나는 두 번의 임신과 유산을 반복했다. 그 와중에 시어머니는 나에게 애도 못 낳는 년이라고 온갖 욕을 퍼부어 댔다. 결국 나는 더 이상 임신을 할 수 없는 지경에 이르렀다. 산부인과 의사의 진단을 듣고 병원 문을 나서면서 나는 필리핀에 있는 딸아이를 생각했다. 딸아이에게 미안했고 나 자신이 미웠다. 나는 그야말로 시어머니와 남편의 몸종과 다름없는 존재였다.

결혼 생활 이야기를 들은 크리스티는 식탁 위의 내 손을 꼭 잡았는데 나를 바라보는 그녀의 눈빛이 조금 젖어 있었다. 잠시 후 그녀는 조심스럽게, 그동안 왜 귀화 신청을 하지 않았니? 라고 물었고 나는 손에 컵을 들고 물을 한 모금 마시고 나서, 안 한 게 아니라 못 한 거야, 라고 대답하고 잠깐 창문 쪽을 바라보다가 다시 말을 이었다.

한국 국적을 취득하는 것이 나 같은 결혼이민자에게 어떤 의미를 가지는지를 어렴풋이나마 알게 된 것은 광천맛김에 다니면서부터였어. 그전에는 그런 말을 들어본 적도 없었고 생각해본 적도 없었어. 바보같이 살았지? 광천맛김에서 일하는 다른 결혼이민자들이 그랬어. 국적은 최후의 방어수단 같은 거라고. 한국 국적을 가지면 시어머니나 남편의 태도가 달라질 거라고. 그래서 국적은 최대한 빨리 취득하는 게 좋은 거라고. 또 그들은 국적 취득 절차를 내게 가르쳐주었어. 결혼한 상태로 2년 이상 한국에 살면 귀화를 신청할 자격을 얻고, 출입국관리사무소에 귀화허가신청서, 여권 사본, 남편의 가족관계증명서, 기본증명서, 혼인관계증명서, 주민등록등본, 재정 관련 서류(1. 본인이나 가족의 3천만 원 이상의 은행잔고 증명, 2. 3천만 원 이상에 해당하는 전세계약서나 부동산등기부등본, 3. 재직증명서, 중 하나), 친부모의 신분 사항에 관한 자료들을 남편과 함께 가서 제출해야 하며, 귀화를 신청한 후 국적을 취득하는 데까지는 보통 2, 3년이 걸린다고.

결혼 생활이 3년째로 접어들던 무렵의 어느 저녁, 거실 바닥을 걸레질하는 중에 거실 한가운데에서 한 손으로 머리를 괴고 옆으로 비스듬히 누워 텔레비전 드라마를 보고 있는 남편에게, 나도 한국 국적을 가

질 수 있대요, 당신이 좀 도와주면 되는데, 라고 조용히 말했더니, 남편
은 나를 쳐다보지도 않고, 국적? 난 그런 거 몰라, 엄마한테 말해, 라고
말하며 귀찮은 듯이 한 손을 가로저었어. 그때 주방의 식탁에 앉아 있
던 시어머니가 그 소리를 들었는지 나를 뚫어져라 쳐다보며, 한국에 살
고 있으면 그만이지 국적은 무슨 국적이야, 넌 우리와 함께 살면 아무
문제 없어, 괜한 데 신경 쓰지 마, 라고 신경질적으로 말했어. 귀화 신
청 서류 중에 나 혼자 힘으로 준비할 수 있는 서류는 하나도 없었어. 여
권의 사본조차 나는 준비할 수 없었지. 내 여권은 시어머니 수중에 보
관되어, 아니 압수되어 있었거든. 나는 보이지 않는 목줄에 매여 옴짝
달싹할 수 없는 처지였어. 한심하지?

　내 말을 들은 크리스티는 아무 말 없이 깊은 한숨을 내쉬며 안타까운
눈빛으로 나를 쳐다보았고 나는 그녀를 똑바로 쳐다보며, 설사 불법체
류자가 된다 해도 오히려 그 신세가 그 집 몸종보단 훨씬 나을 거야, 라
고 말했는데 아까부터 떨리던 내 목소리는 쉬 가라앉지 않았다. 크리스
티는 조금 주저하는 목소리로, 필리핀으로 돌아갈 마음은 없니? 라고
가만히 물었고 나는 필리핀이라는 말에 갑자기 목이 메어 대답을 하지
못했다. 나는 잠시 고개를 숙여 마음을 가다듬은 후 다시 고개를 들고
말했다. 말하는 중에 입가에 미세한 경련이 계속 일었지만 목소리는 떨
리지 않았다.

　왜 고향에 가고 싶지 않겠니? 어머니 아버지도 보고 싶고 내 딸도 보

고 싶어. 그 애가 벌써 일곱 살이야. 내년이면 학교에 가. 근데 이 꼴로 고향에 가면 무슨 면목으로 부모님을 보고 딸아이를 보겠니? 이 나라를 절대 내 발로 나가진 않을 거야. 여기서 돈을 벌 거야. 돈에 환장한 년처럼 돈을 벌 거야. 그런 다음에 돌아갈 거야. 내 딸은 적어도 나보단 행복해야 되지 않겠니? 그때까지 난 이 나라에서 살아낼 거야. 국적이 없으면 어때? 불법체류자면 또 어떻고? 난 더 이상 망가질 것도 없어.

당신만 흔들리고
있는 건 아니야

1

그녀는 홍성역 앞 주차장에 하얀색 경승용차를 세워놓고 남편을 기다린다. 오후 6시 30분에 도착하는 무궁화호 열차가 플랫폼으로 들어오려면 아직 10분 정도 남았다. 승용차에서 나온 그녀는 승용차 보닛 옆에 팔짱을 끼고 기대서서 텅 빈 플랫폼을 쳐다본다. 날은 어둑해지고 바람은 선선하다. 남편은 지난 3년 동안 한 번도 거르지 않고 토요일 저녁 이 시각에 도착해 그녀의 집에 1박 2일을 머무른 후 다시 그의 직장이 있는 서울로 돌아갔다. 그 외의 날들에는 남편은 그녀에게 아무런 연락도 하지 않고 지냈다. 그녀 또한 남편에게 먼저 연락한 적은 한 번도 없었다. 그녀는 고개를 숙여 회색빛 운동화 끝을 쳐다보며 주말부부라는 말을 입속에서 몇 번이고 곱씹고는 다시 고개를 들어 플랫폼을 물끄러미 쳐다본다.

지난주 토요일 저녁, 매번 그렇듯 김치찌개를 식탁 한가운데 둔 두 사람의 식사는 조용하고 어색했다. 그것이 일주일에 한 번씩 반복되면서 습관으로 굳어져 그런 것인지, 아니면 단둘만의 공간과 시간이 늘 처음처럼 낯설어서 그런 것인지는 알 수 없었다. 낯선 습관이라는 말이 있다면 바로 이런 경우일 거라고 그녀는 생각했다. 식사하며 둘이서 나눈 대화는 길을 가다 스쳐 지나치는 사람들의 안부 인사처럼 간단하고 진부했고 시선은 서로를 애써 회피했다. 하지만 그녀에겐 그것이 편했다.

식사 후 남편은 거실 소파 한쪽 끝에 앉아 커피를 마시면서 텔레비전 뉴스를 보았고 그녀는 소파 다른 쪽 끝에 앉아서 알약을 입에 넣고 고개를 뒤로 젖히며 물을 마셨다.

"무슨 약이야?"

남편이 그녀 쪽을 힐끗 쳐다보며 물었다.

"늘 먹던 거."

그녀는 텔레비전에 시선을 둔 채 담담하게 말했다.

"신경안정제?"

남편 목소리 끝이 조금 높아졌다.

"그래."

"약은 끊었다면서. 근데 다시 먹어?"

남편은 얼굴을 찡그렸다. 그는, 5년 전 그녀가 정신병원에 입원했던 때를 상기하는 듯했다.

당시 그녀는 조울증에 시달렸다. 조증과 울증이 비주기적으로 교대했다. 조증이 닥쳐오면, 밑도 끝도 없는 이야기를 하염없이 이어나갔다. 목소리는 평소보다 두 배 정도 커졌고 말은 빨라졌다. 이번엔 꼭 해외여행을 갈 거라는 이야기를 한참 하다가 갑자기 어린 시절의 수학여행 이야기로 넘어갔고, 또 갑자기 아파트 베란다에 화단을 꾸미겠다는 이야기를 하는 식이었다. 시어머니와 남편은 그런 그녀를 말상대로 생각하지 않았다. 그녀가 입을 열면 그들은 귀를 닫았다. 그래도 그녀는 혼자서 떠들었다. 밤이 되면 그녀는 친구들과 전화를 했다. 통화는 한밤중과 새벽을 가리지 않았고 장시간 이어졌다. 통화를 하며 거의 잠을 자지 않았는데도 그녀는 전혀 피곤한 줄 몰랐다. 남편은 핸드폰을 뺏으려 했지만, 그녀는 잠깐 잠을 잘 때도 한 손에 핸드폰을 꼭 쥐고 있었다.

그러다가 갑자기 울증이 닥쳐오면, 그녀는 베란다 창문을 열고 하염없이 바깥을 바라보며 아무 말도 하지 않았다. 그녀는 가끔 이 창문을 넘어서 걸어 나가볼까 하는 생각에 빠지곤 했다. 11층 아파트 밑으로 떨어지면 죽는다는 생각은 전혀 들지 않았다. 맨땅 위를 걷는 것과 다를 바 없다는 생각밖에 없었다. 울증에 시달릴 때는 시어머니와 남편의 말 한마디 한마디가 그녀의 신경을 들쑤셨고 화를 돋웠다. 화가 폭발하면 그녀는 마구 먹었다. 냉장고 안에 들어 있는 반찬들을 모조리 꺼내서 커다란 양푼에 부어 넣고 비빔밥을 만들어 정신없이 퍼먹었다. 한밤중에 식탁에 홀로 앉아 밥을 먹어 대는 그녀를 보고 시어머니와 남편은 기겁을 했다.

그녀는 조울증에 시달리는 자기 자신을 참아낼 수 없었다. 자기를 죽이고 싶었다. 결국 그녀는 제 발로 정신병원을 찾았다. 병원의 약물치료는 그녀의 정신과 육체를 완전히 무력하게 만들었다. 머릿속은 텅 빈 것 같았고 몸에는 힘이라고는 남아 있지 않았다. 그녀는 몇 시간이고 아무런 생각도 없이 병상에 누워 천장을 멍하니 바라보았고 가끔은 병원 이곳저곳을 진짜 미친 사람처럼 초점 없는 눈으로 히죽히죽 웃으며 건들건들 걸어 다녔다. 다행히 약물치료가 효과가 있었는지 조울증은 가라앉았다.

정신병원에 입원해 있는 한 달 동안 남편은 한 번도 면회 오지 않았다(그는 입원 첫날 입원동의서에 서명하러 병원에 왔을 뿐이다). 퇴원한 후 그녀는 집으로 돌아가지 않았다. 그 집은 시어머니의 집이었고 여섯 시누이의 집이었고 남편의 집이었지, 그녀의 집인 적은 단 한 번도 없었다. 그 집에 한 발이라도 들이면 다시금 조울증이 그녀를 덮쳐 올 것 같았다. 그녀를 집어삼킬 듯 시커멓게 입을 벌리고 선 그 집이 무서웠고 그 집 사람들이 징그러웠다. 그녀는 도망쳤다. 아무런 연고가 없는 시골 마을로 무작정. 난생처음 혼자가 되는 일이었지만 두렵지 않았다. 단 하루라도 자기 삶을 살고 싶었다.

"또 그 병이 도진 거야? 업앤다운?"

남편은 한 손을 높이 올렸다 내렸고 덩달아 짜증 섞인 그의 목소리도 오르락내리락했다.

"병? 당신이 오는 날에는 약이 좀더 필요할 뿐이야."

메스꺼움처럼 역겹게 밀려오는 미세한 두근거림과 떨림을 리튬 한 알이 온전히 가라앉지 못하리라는 걸 누구보다도 잘 알았지만, 남편이 찾아오는 토요일만 돌아오면 손은 저절로 리튬이 들어 있는 약봉지로 향했다(아직도 그녀는 두 달에 한 번 예전의 정신병원을 찾아가서 의사와 상담을 하고 약을 처방받는다).

"내가 당신을 그렇게 불안하게 만들어?"

남편은 그녀를 불안하게 쳐다보았다.

"이런 날들이 나를 흔들 뿐이야."

"당신만 흔들리고 있는 건 아니야."

남편의 목소리가 가늘게 떨렸다.

"그런다고 우리 주말이 다른 날들로 바뀌진 않아."

그녀는 여전히 담담한 목소리로 대꾸했다.

"그렇겠지. 우리에겐 주말뿐이니까……"

말끝을 흐린 남편의 맥 풀린 목소리가 텔레비전 뉴스 앵커의 목소리에 묻혀 희미하게 웅얼거렸다.

"오늘도 술집에 나갈 거야?"

남편은 텔레비전 뉴스에 시선을 둔 채 지나가는 말처럼 무심하게 말을 던졌다.

"이제 곧 갈 시간이야."

그녀는 소파에서 일어나 화장대 앞으로 가서 의자에 앉더니 묶은 머리를 풀고 어깨 너머까지 찰랑거리는 긴 머리를 두 손으로 매만지며 화장을 하기 시작했다. 마뜩잖아하는 남편의 시선이 그녀를 향했다.

"꼭 그렇게 머리를 풀고 화장까지 해야 돼? 술집 여자처럼."

남편 목소리의 끝이 조금 갈라졌다. 주말부부가 된 이후 남편을 대할 때면 그녀는 늘 긴 머리를 가느다란 갈색 고무 밴드로 묶어 짧은 말꼬리처럼 했고 얼굴은 화장기 하나 없는 민낯 그대로였다.

"술집 여자? 나라고 그런 여자 되지 말란 법은 없어."

작년부터 그녀는 갈산면사무소 건너편에 있는 호프집에 나갔다. 테이블 여섯 개의 작은 술집이었다. 금요일과 토요일 저녁 시간에 카운터와 서빙을 보는 시간제 아르바이트였다. 남편이 매달 생활비를 보내줬지만 적은 돈이라도 직접 벌고 싶었다. 또 사람들도 만나고 웃고 떠들고 싶었다. 안 그러면 다시 허물어질 것 같았다. 처음에는 술집 일이라 망설이기도 했는데, 곧 그런 자신의 모습이 가소롭다는 생각이 들었다. 테이블에 앉아 있는 손님들(특히 남자 손님들)에게 술과 안주를 처음 서빙하던 날은 낯이 발갛게 달아오를 정도로 어색했고 쑥스러웠다. 하지만 날이 갈수록 그 일이 몸에 익었고 좋아졌다. 그게 그녀가 좋아하는 술 때문인지, 술을 먹는 손님들의 부담 없는 취흥 때문인지, 아니면 낯선 손님들을 스스럼없이 대하는 자신의 또 다른 모습을 볼 수 있기 때문인지는 알 수 없었다. 일하는 동안 그녀는 마음이 편했고 또 조금 들뜨기도 했다. 가끔은 그녀 때문에 들르는 손님들도 있었다. 하지만 그들이 권하는 술은 마시지 않았다. 근무 시간에는 일만 했다. 그것으로 좋았다.

"진담이야?"

"당신도 한번 와봐. 마누라가 술집에서 뭘 하는지 궁금하지도 않아?" 그녀는 화장을 멈추고 남편을 쏘아보며 말했다.

"그럴 마음 털끝만큼도 없어."

"왜? 마누라가 술집 여자인 게 창피해? 누가 남편인 줄 알아볼까 봐?"

"내가 거기 간들 뭐가 달라지겠어. 당신 마음이 빨리 낫기만을 바라."

"당신은 늘 그런 식이지. 어느 순간 감기가 지나가듯 그렇게 내가 변하기를 바랄 뿐이야. 난 지금의 내가 좋아."

"도대체 나보고 어떡하라는 거야?"

"난 당신만 바라보고 살던 예전의 내가 아냐."

"고작 하룻밤이야. 내가 당신에게 오는 날은 이 주말뿐이라고. 당신을 붙잡으려 해도 나에겐 그럴 날들이 없어. 안 그래?"

"그렇겠지. 우리에겐 주말뿐이니까……"

그녀는 말문을 닫으며 화장대 거울로 얼굴을 돌렸고 남편은 화장을 하는 그녀의 모습을 잠시 지켜보다가 한숨을 길게 내쉬며 시선을 텔레비전 화면으로 돌렸다.

술집 일을 끝내고 자정경에 돌아온 그녀는 잠자리에 들었다. 이미 남편은 더블베드 한쪽에 가만히 누워 있었다. 그녀가 침대에 자리를 잡고 눕자 잠시 침대 매트리스가 들썩였고 그 가벼운 요동이 가라앉을 즈음, 남편의 손이 그녀 몸을 더듬었다. 매번의 주말 밤이 그랬듯이, 그 손은 조심스럽게 그녀 팔을 매만지다가 배를 어루만지고, 그녀가 그 손을 붙잡아 옆으로 치우고 등을 돌려 누우면 그 손은 머뭇머뭇하면서 다시 그녀의 어깨를 만지다가 허리를 쓰다듬고, 그녀가 그 손을 털어내듯 몸을 움츠리면 그 손은 힘없이 자기 자리로 돌아가고 남편도 등을 돌리고 잠을 청할 것이었다. 하지만 이날은 달랐다. 남편의 애무는 거칠고 저돌적이었고 그녀의 의사를 아예 무시했다. 등을 돌린 채 고슴도치처럼 잔뜩 웅크린 그녀를 가만 내버려두지 않았다. 남편은 결국 뒤에서 했다. 그녀는 매트리스에 얼굴을 파묻은 채 타인처럼 낯선 남편의 몸을 참았다. 또 하나의 주말이 지나가는 것이라고 생각했다.

2

용산역에서 탑승한 무궁화호 열차가 오후 6시 20분 삽교역을 지나고 있다. 열차는 10분쯤 후면 아내가 기다리고 있을 홍성역에 도착할 것이다. 그는 뒤로 젖혀진 좌석 등받이를 바로 세우고 자세를 고쳐 앉으며 차창 밖을 본다. 날은 조금씩 어두워지고 있다. 손에는 땀이 잡히고 가슴이 두근거리고 얼굴에는 미열이 오르기 시작한다. 매번 그랬듯이, 열차가 홍성역에 거의 도착할 즈음이면 어김없이 나타나는 현상이다. 나에게도 아내가 먹는 그 약이 필요한 걸까? 그는 양 손바닥으로 무릎을 매만지며 땀을 닦아내고 헛기침을 몇 번 하고 머리를 좌우로 흔든다. 하지만 증상은 쉬 가라앉지 않는다. 왜 이렇게 매번 똑같은 주말을 맞이하는 걸까? 그는 지난 주말 밤을 떠올린다. 아니, 전혀 떠올리고 싶지 않지만 등을 돌린 아내의 웅크린 몸이 자꾸 눈앞에서 어른거린다. 그는 미간을 찌푸리며 깊은 한숨을 내쉬고 고개를 떨군다. 이제 다른 날들은 더 이상 오지 않는 걸까? 열차가 속도를 늦추며 홍성역 플랫폼에 천천히 들어서더니 멈춘다. 열차에서 내리는 사람들이 좌석에 앉은 그의 옆을 지나쳐 통로를 지나간다. 그는 자리에서 일어나지 않는다. 잠시 후 열차가 덜컹하며 다음 역을 향해서 움직인다.

은혼식

장맛비가 잠시 수그러들고 먹구름이 옅게 흩어지던 여름날 오후, 그는 교회 앞마당에 서서 잔잔한 남서풍에 실려 오는 희미한 바다 비린내를 맡았다. 굵은 비가 쏟아진 직후의 바다 비린내는 거칠고 차갑다. 고기잡이배에서 막 내려서는 바닷사람의 냄새가 꼭 그렇다. 교회가 있는 서천 바닷가 마을에는 이제 그런 사람이 없다. 마을은 더 이상 바다에 기대지 않는다. 그렇다고 달리 기댈 곳이 있는 것도 아니다. 그의 교회처럼. 혹은 그처럼.

반석교회는 마을 한가운데 있는데, 교회가 마을 생활의 중심인 것은 아니다. 오히려 주변부에 가깝다. 신도들은 마을 사람들의 극히 일부분이고 목사인 그가 마을에서 특별한 대접을 받지는 않는다. 그는 손수

텃밭 농사를 지으며 목회 활동을 한다. 그는 5년 전에 이 교회 목사로 왔는데 그때나 지금이나 교회는 변함이 없다. 작은 교회당 건물도 그대로이고 신자들의 면면도 그대로이고 예배와 새벽 기도와 심방으로 짜인 신앙생활도 그대로이다. 그는 그 변함없음을 다행이라고 생각한다. 아니, 내일의 변화를 위해서라면 서슴없이 어제와 오늘을 죽이는 시절에 그런 한결같음은 눈에 보이지 않는 작은 기적일지 모른다.

파란 샌드위치 패널로 벽을 두르고 붉은 함석지붕을 올린 교회당에는 앞좌석의 등받이가 뒷좌석의 책받침대로 이어지는 긴 나무의자가 열 개씩 두 줄로 놓여 있고 중앙에는 가슴 높이의 작은 설교대가 있고 왼쪽에는 낡은 피아노가 있다. 그 외의 장식이나 기물은 하나도 없는 단출하고 작은 공간인데, 주일 예배 시간에는 스무 명이 채 되지 않는 신도들이 띄엄띄엄 각자의 자리에 앉아 있어 교회당은 넓어 보이기까지 한다. 신도들 대부분은 목사인 그보다 나이가 많은 노인들이다. 어린아이와 중고등학생 신자는 세 명에 불과하다. 농사가 생업인 노년의 신도들은 어쩔 수 없이 외롭고 가난하다. 더불어 교회와 그도 어쩔 수 없이 외롭고 가난하다.

몇 해 전 사회복지사 자격을 딴 그의 아내는 남당지역아동센터에 일을 나가 돈을 번다. 아내가 일을 나가면서부터 그의 목회는 더욱 힘들어졌다. 신도 대부분이 아주머니와 할머니들이라 아내의 존재는 목회에 필수적이었다. 그는 아내의 바깥일을 내심 반대했지만 입 밖으로 의

견을 말한 적은 없다. 목사 월급(90만 원으로 책정된 월급이나마 제대로 받은 달은 극히 드물다)만으로는 서울에 있는 대학생 아들의 학비를 감당할 수 없었다. 그것은 사회복지사 아내의 몫이었다. 신도들도 사모님의 부재를 탓하지 않았다. 하지만 신도들의 집으로 혼자 심방을 나설 때마다, 텅 빈 교회에서 홀로 기도할 때마다 그는 아내의 부재를 실감했다. 그 감정은 어떤 허전함이나 외로움 같은 것보다 훨씬 복합적이고 무거운 것이었는데, 그것은 아내를 향한 감정이기도 했고 또 자신을 향한 것이기도 했다.

그날 밤, 그는 코끝에 조그만 돋보기안경을 걸친 채 거실 한구석의 앉은뱅이책상 앞에 앉아 다음 날 새벽 기도 시간에 읽을 성경 구절을 찾느라 가장자리가 닳고 닳은 까만 가죽 표지의 성경책을 뒤적이며 혼잣말처럼 희미하게 말했다.

"내가 마지막이겠지. 이 교회 목회자로는."

식탁에 앉아서 아동센터 아이들의 두툼한 상담 일지를 밤늦도록 정리하던 아내는 아무 대꾸 없이 그를 물끄러미 쳐다보았는데 그 눈빛은 그를 넘어서 아주 먼 곳을 향한 듯했다. 성경책을 뒤적이던 손을 멈춘 그가 또다시 혼잣말처럼 조용하고 쓸쓸하게 말했다.

"희미한 선로마저 오래전에 지워진 이름 없는 종착역 같은 곳에 홀로 서 있는 기분이야. 어느 목회자가 이런 델 들어오겠어? 이 교회당도

오지 않을 목회자를 기다리다 결국 스스로 허물어지겠지. 세파를 이겨 내는 건 아무것도 없어. 신앙도 예외는 아니지."

말을 끝낸 뒤 그는 집게손가락으로 성경 구절 하나하나를 짚어가며 작은 소리로 읽어나갔고 아내는 상담 일지를 보던 시선을 그대로 두고 고개를 조금 숙인 채 건조한 바람처럼 낮은 목소리로 스쳐 가듯 말했다.

"당신 같은 사람은…… 아니 당신 같은 목회자는 아주 예외적이지 요."

그 순간 그의 손가락이 잠깐 움찔하고 멈추었다가 다시 다음 성경 구 절을 짚어나갔고 그 구절들을 읽어나가는 그의 목소리는 끝마디가 조 금씩 흔들렸다.

"누구든지 나를 따라오려거든 자기를 부인하고 자기 십자가를 지고 나를 좇을 것이니라. 누구든지 제 목숨을 구원코자 하면 잃을 것이요, 누구든지 나와 복음을 위하여 제 목숨을 잃으면 구원하리라."

성경 구절을 다 읽은 그는 코끝에 걸린 돋보기안경을 한 손으로 벗으 며 말을 이었다.

"구원을 목말라하는 사람들이 과연 얼마나 있을까? 사람들은 영혼이 없는 존재처럼 뭔가를 좇아 마구 내달리고 있어. 이 말씀은 그래서 더 간절한 거겠지."

그는 책상에서 몸을 조금 돌려 아내를 쳐다보았는데, 그녀는 그의 시 선을 전혀 의식하지 않고 식탁에 펼쳐진 상담 일지에 눈을 두고 거기에 뭔가를 기록하면서 짧은 한숨을 섞어 가볍게 말했다.

"아마도 돈과 목숨이겠지요, 그들이 갈구하는 것은."

말을 마친 뒤 아내는 그를 향해 가만히 눈을 들었고 담담하고 흔들림 없는 그 눈동자는 텅 빈 스크린처럼 멀고 쓸쓸했다. 잠시 후 그녀는 머릿속의 집요한 생각을 털어내듯 고개를 좌우로 조금 흔들고 나서 상담 일지에 다시 시선을 돌리며 나직하게 곱씹듯 말했다.

"정도의 차이는 있겠지만 나도 예외는 아니에요."

"육신에 양식이 필요하듯 영혼도 마찬가지야. 영혼의 양식을 먹지 못한 사람들은 끝없이 방황할 뿐이야. 난 그 양식을 전하는 사람이고."

자신에게 다짐하듯 말하는 그의 둔중한 목소리가 차분한 거실 공기를 어색하면서도 무겁게 흔들었고 그녀는 상담 일지를 가만히 덮고 그를 똑바로 쳐다보며 다소 높은 목소리로 말했다.

"당신 삶은 그런 거겠죠. 당신 아닌 삶은 모두 어린 양들일 뿐이겠지요. 하지만 난 길 잃은 양이 아니에요."

아내의 목소리는 흔들리는 거실 공기에 날카로움을 더했다.

"난 내일 새벽에 봉독할 성경 말씀을 이야기했을 뿐이야. 당신을 탓한 게 아니야."

그는 서둘러 화제를 돌리려 했는데, 그것은 예기치 못한 방향으로 흔들리는 시간을 뒤늦게 감지한 사람의 당황스러운 머뭇거림 같은 것이었다. 그녀는 한 손으로 턱을 괴고 잠시 생각을 하더니 차가운 목소리로 말했다.

"난 우리 얘기를 했을 뿐이에요. 성경 말씀은 현실의 도피처가 아니에요."

그는 대화의 진전이 부담스러웠다. 오늘 아내는 단도직입적이었다. 이런 아내의 모습은 오랜만이었다. 아니, 결혼 후 처음인 것 같았다. 그가 말을 망설이자 그녀가 다시 말했다.

"어제가 결혼 25주년 되는 날이었어요. 당신은 까맣게 잊고 있었겠지만. 물론 당신에게는 목회 25주년이 훨씬 더 소중한 날이겠지요. 지난 시간들은 당신에겐 축복받아 마땅할 목회의 날들이었겠지요. 하지만 그 시간들 속엔 오직 목회자의 아내만 있었을 뿐이에요. 내 삶은 증발해버렸어요. 신자들에게서 사모님 소리를 들을 때 내 기분은 어떤지 알아요?"

"……"

그는 아무 말 없이 손에 들고 있던 돋보기안경만 만지작거렸다.

"매일 매시간 당신 옆에 꼭 붙어 서 있어야 비로소 존재하는 나는 뭔가요? 그 시간들은 점점 더 나에게서 멀어져갔어요. 매 순간 그걸 부여잡으려 안간힘을 썼지만 내 손아귀에는 아무것도 남지 않았어요."

그의 깊게 주름 잡힌 눈두덩에는 미세한 떨림이 파르르 일었고 그는 조금 흥분된 목소리로 말했다.

"아니야, 당신이 아니었다면 목회는 단 하루도 버텨내지 못했을 거야.

당신과 함께 걸어온 길은 하나님 앞에서 확고해."

"확고하다고요? 함께 걸어온 길이라고요? 우린 서로에게서 멀리 어긋나 있어요."

"아니야. 단지 세상이 우리와 어긋나 있을 뿐이야."

"그 세상을 감당하는 건 늘 내 몫이었어요. 그건 나 자신을 배반하는 날들이기도 했고요."

"진실과 거짓은 하나님 앞에서 판명 나는 거야."

"난 나 자신의 진실을 말하는 거예요. 당신에겐 늘 하나님의 진실만 있을 뿐이에요."

"우린 하나님에게서 분리될 수 없는 존재야."

너무나 당연하게 생각해왔던 말을 하는 그의 목소리는 걷잡을 수 없이 흔들렸고 눈동자는 아내의 눈을 마주 보지 못하고 초점을 잃고 이리저리 헤맸다. 그녀는 잠시 숨을 고른 뒤 오래된 생각이라는 듯 단호하게 말했다.

"결혼 25년이 이렇게 아무런 바람 없이, 이렇게 메마르게 다가올 줄은 꿈에도 몰랐어요. 우리 삶은 어느 지점에서 사라진 걸까요? 그건 꿈 같은 것이었을까요? 현실 앞에서 화들짝 놀라 깨어나는 그런 꿈 말이에요. 그렇게 달아나는 꿈을 우리는 왜 잡으려 하지 않았을까요? 두려웠을까요? 눈앞에 마주할 진실이."

그는 손에 들었던 돋보기안경이 거실 바닥에 떨어진 것도 의식하지 못한 채 굳은 자세로 할 말을 잃었고 그의 눈두덩에서 일어나는 미세한 떨림은 쉬 멈추지 않았다.

실로암교회 전도사 시절, 그는 교회 주일학교 교사인 그녀를 처음 만났다. 그는 스물아홉 살이었고 그녀는 스물여섯 살이었다. 직장인임에도 새벽 기도를 빠지지 않고 나오는 그녀의 신실함이 그는 마음에 들었다. 교회 성가대 지휘를 맡았던 그는 성가대 알토 단원이었던 그녀와 조금씩 가까워졌고 교회 밖에서 단둘이 만나기도 했다. 강촌에서 열린 어느 여름성경학교 때 그는 그녀에게 프러포즈했다. 한밤중 별빛이 쏟아져 내리는 북한강변 모래사장에 둘이 나란히 앉아 고요히 흐르는 강물을 바라보며 당신과 함께 하나님을 섬기고 싶다고 말했고 그녀는 그를 바라보며 아무 말 없이 가만히 고개를 끄덕였다.

결혼 직후, 그의 첫 교회는 아무 연고도 없는 청양 백월산 기슭 산골 마을의 밀알교회였다. 농촌 목회는 그가 오랫동안 기도해왔던 사명이었다. 사람들이 버리고 떠나는 농촌에서 농사와 예배와 기도가 한데 어우러진 신앙 공동체를 이루고 싶었다. 서울에서 태어나 자란 그와 아내의 농촌 경험은 대학 시절의 농촌 봉사활동이 전부였다. 어쩌면 두 사람 다 농촌을 전혀 몰랐기 때문에 농촌 목회를 과감하게 결행할 수 있었는지 모른다. 그나 아내가 조금이라도 농촌을 알았다면, 그 고된 농사일과 척박한 생활 조건, 그리고 냉혹한 자연과 배타적인 인심을 조금이라도 겪어보았다면, 농촌 목회는 꿈도 꾸지 않았을지 모른다.

목회자가 없어 3년 동안 비어 있던 밀알교회는 당연히 신자는 한 명도 없었고, 교회당은 허물어져가는 폐가에 가까웠다. 예배용 긴 나무의자가 두 줄로 다섯 개씩 놓인 작은 예배당에 좁은 방 한 칸과 부엌이 목사의 사택으로 딸려 있었다. 삭은 함석지붕에서는 비가 샜고 밤에는 하얀 달빛이 천장을 통해 방 안으로 길게 스며들었다. 첫 새벽 기도 시간, 신혼의 그와 아내가 교회당 제일 앞자리에 나란히 앉았다. 그들 뒤로는 텅 빈 의자들뿐이었다. 그가 성경책을 펴고 성경 구절을 읽으려는 순간, 맞잡은 두 손을 무릎 위에 올리고 고개를 숙이고 있던 아내가 갑자기 눈물을 뚝뚝 흘렸다. 그는 옆에 앉은 아내의 작은 손을 꼭 잡고 큰 소리로 성경 구절을 읽었다. "너희는 두려워 말고 가만히 서서 여호와께서 오늘날 너희를 위하여 행하시는 구원을 보라." 아내는 기도 시간 내내 눈물을 그치지 않았다. 그는 아내에게 눈물의 이유를 묻지 않았다. 아니, 묻고 싶지 않았다. 아내의 그런 눈물을 그 이후 다시 본 적은 없었다. 그와 아내는 밀알교회를 다시 세웠다. 새로운 교회당을 마을 목수와 함께 손수 지었고 새로운 신도들을 하나둘 만났다. 당시 두 사람 사이에서 태어난 첫아이만큼이나 소중하게 교회를 키운 아내가 없었다면 그의 농촌 목회는 어떤 결실도 맺지 못했을 것이다. 밀알교회가 그 이름처럼 정말 '밀알'의 역할을 다했을 때 두 사람은 밀알교회를 떠났다. 이후 그는 세 번 더 교회를 옮겨 다녔고 그 모두는 다른 목회자들이 꺼

려하는 작은 시골 교회들이었다. 아내는 묵묵히 그를 따랐다.

장맛비가 다시 고개를 들던 다음 날 새벽 기도 시간, 그와 아내는 교회당 제일 앞자리에 나란히 앉았고 그들 뒤로는 팔순에 다가선 할머니 두 사람이 따로따로 앉았다. 묵상기도를 마친 그는 헛기침을 한 뒤, 마가복음 8장 34절부터 35절까지 봉독하겠습니다, 라고 조금 가라앉은 목소리로 말했다. 성경책으로 시선을 돌리는 그의 눈에 아내의 무릎 위에 얌전히 놓인 손이 잡혔다. 그 손은 25년 전 첫 새벽 기도 때처럼 여전히 작고 연약했는데, 결혼반지가 사라진 그 손은 왠지 허전하고 쓸쓸해 보였다. 그는 가만히 자신의 오른손으로 그녀의 왼손을 꼭 잡았다. 주먹을 꽉 쥔 그녀의 작은 손은 그의 큰 손 안에서 아무런 움직임 없이 굳어 있었는데, 그 감촉은 지나온 세월만큼이나 서글프고 아팠다. 그는 문득 생각했다. 아내의 주먹 쥔 손을 펴게 해서 그때의 그 손가락에 하얀 은반지를 다시 끼워주고 싶다. 결혼 금반지를 끼워주었던 그날처럼.

어쩌면 고마운 일인지 모른다

집 안이 휑하고 낯설다. 독신 생활이라 세간은 원래 많지 않았지만, 이제 남은 것은 거실 한쪽에 있는 앉은뱅이책상과 텅 빈 거실 바닥 한가운데 놓인 둥근 어항 속의 붉은 금붕어 두 마리가 전부다. 책상은 예전에 아버지가 쓰던 것인데, 그녀가 물려받아서 지금까지 써왔다. 중학교 교사였던 아버지는 늘 밤늦도록 그 책상 앞에 앉아 책을 읽었고 어린 그녀는 그 옆에서 엎드려 책을 보다 잠이 들곤 했었다. 그녀는 그 책상을 허투루 처분하고 싶지 않았다. 누군가에게 주고 싶지만 그 누가 지금 그녀에게는 없다. 어항 속 금붕어는 다섯 달 전쯤 그녀가 백혈병 진단을 받은 다음 날 사 온 것이다. 외출했다가 아파트의 닫힌 문을 열고 들어오면, 살아 있는 생명이라곤 자신밖에 없는 냉랭한 집 안 공기가 너무도 끔찍해서 그랬던 것인데, 이제는 그 살아 있음을 감당하기 어렵다. 금붕어 또한 누군가에게 주고 싶지만, 마찬가지로 그 누가 지금 그녀에게는 없다.

지난달부터 그녀는 항암 치료를 중단했다. 치료의 가능성이 희박할 뿐만 아니라 비용을 더 이상 감당하기 어려웠다. 아니 그 돈을 아껴서 요양병원에 있는 아버지의 병원비로 남겨두어야 했다. 아버지보다 앞서고 싶지는 않지만 알 수 없는 일이었다. 아버지에게 말하지는 않았지만, 그녀는 기도원에 들어갈 작정이다. 자신의 목숨까지 온전히 의탁할 만한 신앙심이 스스로에게는 충분치 않다는 것을 잘 알고 있지만, 허물어져가는 몸과 마음을 내맡길 곳은 그밖에 달리 아무 데도 없다. 그녀는 최소한의 비용과 최소한의 신앙심으로 지낼 수 있는, 혹은 그런 그녀를 기꺼이 받아주는 기도원을 마침내 찾았고, 작은 손가방 하나에 들어갈 짐만 챙겨 들고 내일 거기에 들어갈 것이다. 그녀는 지난 며칠 동안 계속 세간을 정리하고 처분해왔다. 냉장고, 텔레비전 같은 가전제품들은 중고용품점에 헐값으로 넘겼고, 수십 년 동안 모아온 책들은 얼마 전에 그만둔 학교에 기증했고, 옷과 이불, 그릇 따위를 포함한 나머지 세간들은 고물상에 넘겼다. 모든 걸 싹 치우고 싶었다. 그러면 지나온 삶이 깨끗이 정리될 듯싶었다. 하지만 몇몇 짐은 아직도 그녀 곁에서 쉬 떨어져 나가지 않고 살아 숨 쉬고 있다. 그렇게 남은 것들은 화상 자국처럼 결코 지워지지 않는 얼룩 같은 것인지 모른다.

거실 바닥 깊숙이 들어온 한낮의 햇살이 눈부시다. 햇빛 알레르기 때문에 그녀는 거실 창의 블라인드를 반쯤 내린다. 그늘이 엷게 드리운다. 그녀는 앉은뱅이책상 앞에 앉는다. 책상 위에는 아무것도 없다. 그녀는 책상 서랍 정리를 마지막까지 미루어왔다. 서랍 속 편지들을 한꺼번에 태울까도 생각해보았지만, 그렇게 하면 자신의 인생이 한순간에 한 줌의 재로 변할 것 같은 기분이 들었다. 어차피 그럴 인생이겠지만 지금은 그러고 싶지 않았다. 그녀는 한 손으로 조심스럽게 서랍을 열고 오래된 편지 묶음을 꺼낸다. 묵은 종이 냄새가 따라 올라온다. 그녀는 가느다랗고 노란 고무줄에 묶인 편지 묶음을 천천히 푼다.

그녀는 편지 묶음의 뒷부분에 있는 엽서들만 따로 손에 든다. 엽서들 중 제일 앞에 있는 엽서를 쳐다본다. 앞면에는 서울시립대학교 캠퍼스 사진이 있다. 여동생이 그녀에게 보낸 첫 엽서. 뒷면에는 '꿈이 시작한다'는 단 한 줄의 글귀가 쓰여 있다. 25년 전, 대학에 갓 입학한 동생의 풋풋하고 패기에 넘친 얼굴이 떠오른다. 그 엽서를 시작으로 동생은 그녀에게 많은 엽서를 보냈다. 집에서 함께 지낼 때건 서로 헤어져 있을 때건 동생은 가리지 않고 그녀에게 엽서를 보냈다. 그 엽서들은 앞면에는 그림이 있고 뒷면에는 대개 단 한 줄의 아주 짧은 사연을 담고 있다.

그녀는 엽서를 한장 한장 넘긴다. 어떤 엽서 앞에서는 한동안 고개를 숙이고 있기도 하고 어떤 엽서 앞에서는 고개를 젖혀 천장을 쳐다보기도 한다. 그러다가 그녀는 검은 새가 그려진 엽서를 뚫어지게 쳐다본다. 엽서의 그림 밑에는 작은 글씨로 '오윤, 검은 새, 목판에 채색'이라고 쓰여 있다. 대학교 3학년 때 학내 시위에 참여했다가 경찰서 유치장에서 열흘간 구류를 살다 나온 동생이 보낸 엽서. 그림의 검은 새는 검은색 나뭇가지에 홀로 앉아 있고 눈자위는 하얗고 눈동자는 검다. 그림의 사방에 둘러쳐진 굵고 검은 테두리는 꼭 무언가를 가두어놓는 창살을 연상케 한다. 엽서의 뒷면은 단 한 줄의 사연도 없는 하얀 공백이다.

그때 그녀는 미국 유학 중이었다. 동생이 경찰에 잡힌 다음 날 아버지는 그녀에게 국제전화를 했다. 어떻게 보낸 대학인데 이럴 수가 있어? 다음번엔 감옥에 갈지도 몰라, 아예 학교를 안 보내는 게 더 낫겠어, 라고 아버지는 말했고 그녀는 아버지의 격앙된 목소리를 듣기만 하고 아무 말도 하지 못했다. 동생의 엽서를 받던 날, 그녀는 앞면의 그림보다는 뒷면의 하얀 공백을 한참 동안 들여다보았고 그 침묵의 여백이 하루 종일 그녀 가슴을 짓눌렀었다. 당시 어떤 답신을 보냈는지 지금은 기억하지 못한다. 아니 어쩌면 아예 답신을 하지 않았는지도 모른다. 그녀는 자신의 공부(그녀의 박사학위 연구 분야는 교육철학이었다)에만 집중하려 했고 일체의 것을 잊고 싶었다. 아버지와 동생을 그리고 한국을. 하지만 마음대로 되는 일은 아니었다.

항암 치료의 부작용으로 머리카락이 빠진 그녀의 민머리에 땀방울이 조금 맺힌다. 다시 엽서를 한 장씩 넘겨가던 손이 한 엽서에서 멈춘다. 아무런 말도 없이 집을 나간 동생이 한동안 소식을 끊고 지내다가 몇 달 만에 집으로 보낸 엽서. 그림에는 하얀 작업복을 입은 젊은 여자와 남자가 앞뒤로 서 있고 그 앞에는 미싱이 놓여 있다. 여자는 긴 머리칼을 뒤로 묶고 목에 노란 줄자를 두르고 있고 남자는 짧은 머리에 야윈 몸매이고 재단용 곡자를 손에 들고 있다. 그림 밑에는 작은 글씨로 '노동예술단, 공장의 불빛, 벽화'라고 쓰여 있다. 엽서 뒷면에는 '새벽 쓰린 가슴 위로 차가운 소주를 붓는다—노동의 새벽'이라는 글귀가 있다. 엽서에는 발신인의 주소가 없다.

미국 유학을 끝내고 한국에 돌아와 있던 그녀는 당시 서울의 여러 대학에서 시간강사를 하고 있었고 하루에 두세 대학을 오가며 강의를 하는 날도 있었다. 어느 날 아버지는 강의를 나가는 그녀를 붙잡고 동생을 찾아야겠다고 했다. 그녀는 아버지와 함께 동생의 엽서에 '구로'라고 희미하게 찍힌 우편 소인을 좇아 구로공단의 공장들을 뒤졌다. 여공들이 많이 다니는 섬유공장과 전자공장을 돌았다. 공장의 수위실 앞에서 동생의 이름을 댔지만, 그런 사람은 없다는 똑같은 대답만 돌아왔다. 끝내 동생을 찾지 못했다. 집으로 돌아오는 길에 그녀는 동생이 위장취업을 했을 거라고 확신했지만 그 사실을 아버지에게 말하지는 않았다. 1년쯤 후에 동생은 5일 동안의 공장 파업을 주도한 혐의로 구속되었고 청주교도소에 수감되었다. 아버지는 감옥의 동생을 한 번도 면회 가지 않았다.

그녀는 엽서에서 눈을 들고 고개를 뒤로 젖힌다. 그리고 가만히 눈을 감는다. 우리 집안에서 왜 이런 일이 생기는 거지? 내가 뭘 잘못했다고. 정말 내가 잘못 살아온 거니? 아버지의 자조 섞인 한탄이 그녀의 귀에 맴돈다. 여덟 달 후 동생이 출옥해서 집에 돌아온 날, 아버지는 열린 아파트 문 앞에서 두 팔을 힘없이 늘어뜨리고 가만히 고개를 숙이고 있는 동생을 끌어안고 눈물을 흘렸다. 그녀는 그때 처음으로 아버지의 눈물을 보았다.

그녀는 감은 눈을 뜨고 다시 엽서를 넘긴다. 햇살이 가득한 마당에 하얀 민들레 한 송이가 활짝 꽃을 피우고 있는 그림에 그녀의 눈이 한참을 머문다. 그녀가 명신농업학교 교사로 일한 첫해에 동생이 보낸 엽서. 엽서의 뒷면에는 '햇빛 조심!'이라는 글귀가 쓰여 있다. 그녀는 잠시 눈을 돌려 거실 창을 바라본다. 반쯤 내려진 블라인드 밑으로 햇빛이 비스듬히 들이치고 있다. 햇빛 알레르기는 어린 시절부터 그녀를 괴롭혀온 고질병이었다.

그녀는 대학교수가 되는 길을 접고 명신농업학교를 택했다. 아버지는 강하게 반대했다. 그깟 농업학교 선생 되겠다고 미국 유학까지 한 거야? 그렇게 힘들게 딴 박사학위가 넌 아깝지도 않니? 아버지 말에 그녀는 아무런 대꾸를 하지 않았다. 그 어떤 말도 아버지를 납득시킬 수 없음을, 아니 대꾸하면 할수록 아버지를 더욱 절망하게 만들 거라는 걸 잘 알았기 때문이다. 명신농업학교는 학생들의 머리(학문)와 가슴(신앙)과 손(농사)을 고루 발전시키는 전인교육을 통해서 '더불어 사는 시민'을 양성하려는 목표로 설립된 대안학교였다. 학교의 교육 목표는 그녀의 교육철학과 부합했다. 그녀는 아무 망설임 없이 명신농업학교에 교사 지원서를 냈고 교사로 채용되었다. 교장은 미국 유명 대학의 박사 학위 소지자인 그녀의 선택을 높이 평가했고, 그녀의 화려한(?) 이력은 학교 홍보물의 첫 페이지를 장식했다.

그녀 자신은 대수롭지 않게 여기고 간과한 문제였겠지만, 그녀의 햇빛 알레르기는 학교의 교육목표와는 전혀 무관하게 작동했다. 서산의 운산면에 위치한 명신농업학교의 햇빛은 그녀가 그동안 도시 학교들에서 겪었던 햇빛하고는 양과 질에서 전혀 다른 것이었다. 계절과 관계없이 늘 하얀 양산을 펼치고 목에는 스카프를 두르고 긴팔 옷과 긴 바지를 입고 다녀도 그곳의 강한 햇빛을 막아내기에는 역부족이었다. 조금만 방심하면 햇빛에 노출된 피부가 금세 붉게 변하고 목과 손등, 손목 주변에 좁쌀만 한 두드러기가 생겼다. 증상이 심해지면 물집이 잡히면서 상처가 곪기도 했다. 다른 교사들의 햇볕에 그을린 새카맣고 강건한 얼굴과 그녀의 백화증 같은 새하얗고 병약한 얼굴은 너무나 대조적이었고, 그만큼 그녀는 낯설고 이질적인 존재가 되었다.

언젠가 학교 전체회의(한 달에 한 번 열리는 회의였고, 모든 교사와 학생이 참석해서 학교 안의 모든 문제를 토의하고 결정했다. 학교에서는 이 회의를 직접민주주의의 시현장으로 삼았고, 이를 대외적으로 널리 홍보했다)에서, 한 학생의 발의로 그녀가 양산을 쓰고 다니는 문제가 안건으로 올랐다. 농업학교와는 어울리지 않는 사치스럽고 귀족적인 행동이라는 게 그 학생의 주장이었다. 그녀는, 개인의 건강과 관련된 사생활 문제이기 때문에 학교 회의에서 논의하거나 개입할 문제가 전혀 아니라고 말했지만, 그에 동조하는 구성원은 그리 많지 않았다. 특히 안건 토의 시간 내내 다른 교사들 모두가 이 문제에 대해서 하나같이 침묵으로 일관했다는 사실에 그녀는 경악했다. 아니 절망했다. 회의 구성원의 압도적 다수의 찬성으로 채택된 결론은, 학교 교정이나 논밭 실습장에서 양산을 쓰는 것은 명신농업학교 교사로서의 품위를 현저히 훼손하는 행위이므로 금해야 한다는 것이었다. 그녀는 양산 대신에 챙이 넓은 모자를 써야 했다. 당시 교사들의 침묵은 그녀라는 존재 자체를 향한 그들의 어떤 알레르기 반응 같은 것이었을까? 마치 햇빛을 향한 그녀 자신의 알레르기처럼. 이후로 그녀는 학교에서 늘 겉돌았다. 동생의 엽서를 받아볼 당시에는 그냥 피식하고 가볍게 웃고 넘겼지만, 지금은 그 '햇빛 조심!'이 단순히 햇빛만의 문제가 아니었다고 그녀는 생각한다.

그녀의 벗겨진 머리에서 땀방울이 흘러내린다. 온몸에 힘이 빠지고 맥이 풀린다. 조금만 신경을 쓰거나 긴장을 하면 어김없이 나타나는 증상이다. 항암 치료 후부터 그랬다. 그녀는 손수건으로 흐르는 땀을 닦고 다시 엽서를 넘긴다. 엽서를 넘기는 그녀의 손길은 점점 더뎌지고 조금씩 떨리기까지 한다. 마치 절대 열고 싶지 않은 어떤 문에 다가가는 손길처럼. 그녀는 힘겹게 한 장의 엽서를 손에 든다. 아버지의 감시 아래 집에서 꼼짝없이 30대 초반을 보내고 있던 동생이 보낸 엽서. 유일하게 아무런 그림이 없는 엽서다. 뒷면에는 '나에게 내일은?'이라는 단 한 줄의 사연이 쓰여 있다. 엽서가 그녀에게 도착하고 일주일 후, 동생은 집에서 목을 매어 자살했다. 엽서를 든 그녀의 손은 여전히 떨리고 있다.

그 일이 일어나기 석 달 전쯤 어느 봄날에 동생은 명신농업학교로 그녀를 찾아왔다.

"언니, 나 시골에 와서 농사짓고 살고 싶어."

"마음만으로 되는 게 아니야. 시골 생활은 가혹해. 특히 여자에게는. 또 아버지는 어떡하고?"

"아버지랑 같이 내려오면 되잖아."

"아버진 내려오시지 않을 거야. 몸도 불편하시고."

"언니는 마음껏 살 수 있어서 좋겠다."

"나도 내 마음대로 살아온 건 아냐."

"숨이 막혀."

"요즘도 누군가에게 미행을 당하고 감시를 당한다는 생각이 들 때가 있니?"

"가끔."

"병원은?"

"의사들은 늘 똑같은 얘기야. 시절이 바뀌었으니 현실을 직시하라고. 그러면 강박은 없어질 거라고."

"맞는 말이잖아."

"그래서 이젠 안 가."

남의 일처럼 덤덤하게 몇 마디 말을 내뱉고 굳게 입을 다물던 동생의 무표정한 얼굴, 텅 빈 눈이 떠오른다. 그녀는 몇 번이고 고개를 가로 젓는다. 하지만 그 마지막 기억이 지워질 기미는 없다. 단지, 예전의 긴 머리칼이 부드럽게 찰랑이던 어깨 위가 쓸쓸하고 시릴 뿐.

어쩌면 고마운 일인지 모른다. 동생이 먼저 가고 없다는 게.

내 땅에 나를 묻어라

시골에 홀로 사는 그녀의 집에 자식들이 모두 모였다. 그들이 이렇게 한자리에 모인 건 작년 봄, 그녀의 일흔여덟번째 생일날 이후 처음 있는 일이었다. 남편의 제삿날과 명절을 그녀 혼자 지낸 지는 꽤 오래되었다. 그녀는 자신이 자식들에게 점점 잊혀가고 있는 존재임을 잘 알았다. 자식들에게 귀찮은 짐이 되느니 그게 오히려 홀가분하고 잘된 일이라고 애써 자위하곤 했지만, 흔쾌한 일은 아니었다.

　그날 저녁, 두 딸과 막내아들, 그리고 그녀가 조그만 개다리소반을 가운데 놓고 빙 둘러앉은 방 안은 조용하고 차갑고 무거웠다. 작은딸이 복숭아를 깎아 접시에 담아서 개다리소반 위에 놓는 소리만이 달그락거리며 방 안 공기를 가르고 있었고, 자식들 중 어느 누구도 선뜻 입을 열려 하지 않았다. 그들의 시선은 저마다의 방향으로 엇갈리면서 서로를 외면했고, 또 그만큼 서로를 의식했다. 마치 한 발의 총성을 기다리며 출발선에서 몸을 웅크리고 있는 100미터 달리기 선수들처럼 그들은 누군가가 입을 열기만 기다리며 잔뜩 긴장하고 있었는지 모른다. 큰딸이 조그만 포크로 복숭아 조각을 집으며 잔기침을 몇 번 하더니, 땅이 경매에 넘어갈 지경이 되었으니 엄마한테 면목이 없다, 먼저 명규 네가 자초지종을 밝혀야겠다, 라고 말문을 열며 아들을 쳐다보았다.

큰딸은 어릴 때부터 계산에 아주 밝았다. 어려서야 그저 똑똑한 아이로 보였지만, 나이 오십 줄을 넘긴 지금의 딸은 계산에 밝은 정도를 넘어서 집요하고 철두철미했다. 특히 돈 문제에 대해서는 더욱 그랬다. 이번에 땅이 경매에 넘어간 소식도 큰딸이 제일 먼저 알았고, 형제들에게 일일이 연락해서 서둘러 가족회의를 소집했다. 자기 몫에 한 푼의 흠집이라도 나는 것을 도저히 용납하지 못하는 성미였다. 7년 전 남편의 장례식을 치른 후 남은 부조금을 어떻게 할지를 놓고 자식들 사이에 의견이 분분할 때, 큰딸은 딱 잘라 말했었다. 부조금은 일종의 부채이기 때문에 각자의 문상객들이 낸 부조금 총액의 비율에 따라 나눠야 한다고. 남은 부조금은 큰딸의 뜻대로 그렇게 나뉘었다. 그런 면에서 초등학교 교사라는 지금의 직분에 큰딸이 어울리지 않는다고 그녀는 생각했다. 하지만 큰딸에게는 그런 생각이 한낱 늙은이의 고리타분한 도덕관념으로밖에는 받아들여지지 않을 것이다. 언젠가 큰딸은, 교사 일이라는 게 다른 여러 밥벌이 수단 중 하나일 뿐 그 이상도 그 이하도 아니라고 했다. 초등학교밖에 나오지 못한 그녀에게 선생님은 늘 하늘과 같은 존재였다. 큰딸이 교사로 임용되었을 때 자신과 남편이, 드디어 우리 집안에서 선생님이 나왔다고 기뻐했던 때를 생각하면, 큰딸의 말이 처음에는 실망스럽고 안타까웠다. 하지만 이제는 다 시절 탓이려니 한다.

아들은 큰딸의 시선을 아예 외면하고 방바닥을 쳐다보며 아무 말도 하지 않았다. 농협에 땅을 잡히고 3천만 원을 대출받았다는 사실, 또 그 이자와 원금을 갚지 못해 앞으로 일주일 후에는 그 땅이 경매에 넘어간다는 사실에 대해 아들은 그녀에게 그 어떤 말도 해주지 않았다. 아들은 그녀의 손이 전혀 닿지 않는 먼 곳에 있었다. 그런 아들뿐만 아니라 다른 자식들도 모두 멀고 먼 사람들이 되어가고 있다는 느낌은 언젠가부터 그녀의 마음 깊숙한 곳에서 스멀스멀 피어올랐는데, 그 거리감은 마치 발밑을 소리 없이 스치는 뱀의 감촉처럼 늘 불쾌하고 섬뜩하고 낯설었다.

나이 사십 줄을 넘긴 아들은 여전히 독신이다. 결혼할 마음도 없고 오직 사업을 벌이는 데만 눈이 멀어 있다. 당구장, 피시방, 노래방, 편의점 등등. 일이 년이 멀다 하고 새로운 일을 벌였다. 심성은 착한데 성격은 무모하고 급해서 돈은 모이지 않고 자꾸 밖으로 새어 나간다. 그녀의 눈에는, 아들이 돈을 벌기 위해 사업을 하는 게 아니라 사업을 하기 위해 돈을 쓰는 것 같았다. 아들은 늘 그게 미래를 위한 투자니 아무 걱정 말라고 떵떵거렸다. 이번 3천만 원은 아들이 어떤 미래에 투자했는지 그녀도 모르고 다른 자식들도 모른다.

갑갑한 방 안에 다시 차갑고 어색한 침묵이 길게 이어지려고 할 즈음 작은딸이 아들을 뚫어지게 쳐다보며, 이게 다 너 때문에 생긴 일이잖아. 무슨 말이라도 해야 할 거 아냐! 그게 네 땅이니? 우리 땅이지, 라고 조금 큰 소리로 다그쳤다. '우리 땅'이라는 말을 듣는 순간 그녀는, 너희 아버지와 내가 평생을 일궈온 그 땅은 너희들 땅이 아니야! 라는 말이 목구멍까지 치밀어 올랐다. 하지만 그 말을 속으로 삼키며 작은딸을 똑바로 쳐다보았다. 작은딸은 그녀의 따가운 시선은 아랑곳하지 않고, 명규 네 이름으로 되어 있다고 그 땅을 네 마음대로 할 수는 없는 거야, 안 그래 언니? 라고 덧붙이며 큰딸을 쳐다보았다.

부지런한 작은딸은 어릴 때부터 집안일을 싫은 내색도 않고 거들어주었다. 그런 고마운 딸이었는데 그 부지런함이 오히려 욕심을 불러일으켰는지, 지금은 남편과 함께 24시간 뼈다귀해장국집을 억척스럽게 꾸리고 있어 돈이 궁한 처지가 아닌데도 늘 돈에 굶주려 했다. 어떤 때는 가게 월세가 밀렸다는 핑계로, 또 다른 때는 가게를 늘려야 한다는 핑계로 그녀에게 시도 때도 없이 손을 벌렸다. 그렇게 작은딸에게 넘어간 돈이 그녀에게로 되돌아온 적은 단 한 번도 없었다. 물론 기대하지도 않았지만.

작은딸의 시선을 받은 큰딸은 기다렸다는 듯이, 아버지 삼우제를 치른 그날 저녁 이 방에서 우리가 했던 말, 명규 넌 기억 못하니? 아버지가 남긴 건 열 마지기 논과 이 집밖에 없다, 그걸 당장 돈으로 바꾸면 얼마 되지 않는다, 우선 그 명의를 명규 네 앞으로 해서 가지고 있다가 나중에 값이 오르면 적당한 때에 팔자, 그러면 우리에게 돌아오는 몫이 더 크다, 대충 이런 말 아니었니? 라고 준비했던 말을 하듯 빠르게 말하고는 몸을 뒤로 기울여 등을 벽에 기댄 채 아들의 대답을 가만히 기다렸다.

　　얼굴이 벌겋게 달아오른 아들은 짐짓 천연덕스러운 말투로, 내가 왜 그걸 기억 못하겠어. 난 내 땅이라고 말한 적도 없고 그렇게 생각한 적도 없어, 라고 말했는데 작은딸이 그 말을 바로 받아서, 근데도 우리 땅을 경매에 넘어가게 만들어? 라고 쏘아붙였고 아들은 그에 지지 않고 조금 더 큰 소리로, 낸들 그러고 싶어 그랬겠어! 난 단지 내 몫을 먼저 썼을 뿐이야, 라고 대꾸하자 곧이어 작은딸이, 네 몫? 넌 그게 도대체 얼마라고 생각하는데? 라고 따졌다. 아들은 머뭇거리며 잠시 생각하더니, 제사를 모시고 차례를 지내야 하는 장남 노릇을 생각하면 최소한 누나들 몫보다는 많아야겠지, 3천만 원은 그 최소한이었어, 라고 꽤 당당한 투로 말한 뒤에 두 딸을 향했던 시선을 그녀에게로 돌렸다. 그녀는 자기에게 응원을 요청하는 아들의 은근한 눈길이 싫었다. 그녀는 잠시 눈을 감고 장남이란 말을 속으로 몇 번 되뇌었다. 그 말은 이미 그녀의 가슴속에서 지워진 지 아주 오래된 말이었다.

벽에 등을 기댄 채 작은딸과 아들의 공방을 듣기만 하던 큰딸이 등을 세우고 자세를 고쳐 앉으며, 이참에 분명히 해둬야겠는데, 라고 입을 연 뒤 잠시 숨을 가다듬고 차분한 목소리로, 재산에 대한 아버지의 유언은 없었어, 그러니 유산은 법률적으로 아들딸에게 똑같이 배분돼, 정확하게 말하면, 우리들 각각에게는 유산의 9분의 2가, 엄마에게는 9분의 3이 돌아가는 거야, 알겠어? 명규 넌 다음부터 그 장남이란 소리 아예 꺼낼 생각도 하지 마, 라고 작심한 듯 말했다. '9분의 2'니 '9분의 3'이니 하는 법적인 셈법을 난생처음 접한 그녀는 멍한 표정으로 큰딸을 쳐다보았고 작은딸은 조금 흥분한 목소리로, 그건 불공평해, 언닌 대학 공부까지 했잖아, 명규와 난 못했어, 나도 대학 공부를 했으면 이렇게 살고 있진 않았을 거야, 난 그걸 보상받아야 해, 라고 말했고 아들 또한 고개를 크게 끄덕이며 큰딸을 쳐다보았다. 그런데 큰딸은 무심한 표정으로, 그건 나한테 할 말이 아니잖아, 엄마한테 해야지, 내 몫에서 그걸 떼어줄 생각은 추호도 없어, 라고 차갑게 말한 뒤에 곁눈질로 힐끔 그녀를 쳐다보았다. 그와 동시에 작은딸과 아들의 시선도 그녀에게로 향했다. 저마다의 갈망과 이해타산만이 들끓고 있는 그 시선들은 집요하게 그녀의 눈길을 붙잡으려 했다. 그녀가 그들 시선에 응대하지 않고 허공을 쳐다보며 아무 말이 없자 작은딸은 답답함을 참지 못하고 허리를 곧추세우고 개다리소반 앞으로 바싹 다가앉으며 조금 격앙된 목소리로, 4년 치 대학 등록금이면 얼마나 큰돈인데! 명규와 난 그 돈을 받아야 돼, 그래야 공평한 거잖아, 안 그래요? 엄마, 라고 말하며 그녀를 빤히 쳐다보았고 아들의 시선 또한 강렬하게 그 뒤를 따랐다. 그녀는 자식들을 제대로 대학까지 공부시키지 못한 자신의 무능함에 대해 구차하게 변명할 마음은 티끌만큼도 없었지만, 늙은 어미의 해묵은 상처를 마구 헤집어놓는 자식이 과연 자신의 배 속에서 나온 자식이 맞는지를 이제는 자신할 수 없었다. 순간, 손에 닿을 듯 가까이 앉아 있던 자식들이 까마득히 멀어진 희미한 타인처럼 보이는 섬뜩한 거리감이 다시금 그녀를 엄습했고 그녀는 잠시 몸을 부르르 떨었다. 그녀는 아무 말도 하고 싶지 않았다. 자식들이 자신의 입을 주시하면 할수록 그녀는 입을 더욱 굳게 다물었다. 작은딸은 얼굴을 찌푸리며 짜증이 섞인 목소리로, 엄마 무슨 말이라도 해봐요, 엄마 몫도 결국 우리한테 물려줘야 하잖아요, 라고 말하며 그녀의 대답을 재촉했다. 하지만 그녀는 여전히 입을 굳게 다문 채 얼굴을 조금 들어 천장을 물끄러미 바라보다가 가만히 눈을 감았다.

경매와 유산 문제를 둘러싸고 밤새 입씨름을 벌이던 자식들이 그녀의 집을 떠나고, 그녀가 다시 쓸쓸하고 조용한 독거노인의 일상으로 돌아온 다음 날 저녁이었다. 방 안에 홀로 앉아 한참을 생각하던 그녀가 몸을 일으키더니 벽에 걸려 있는 네모난 농협 달력의 귀퉁이에서 손바닥만 한 크기만큼 종이를 찢어냈다. 그런 다음 방바닥에 몸을 웅크린 채 엎드려 앉아 그 달력 종이 뒷면에 검정색 볼펜으로 한 글자 한 글자 또박또박 써나갔다. 너무 힘을 준 탓에 볼펜을 쥔 그녀의 손이 조금씩 떨렸다. 종이에 남은 글자 자국은 굵고 깊었고 글씨는 비뚤비뚤했다. "내 땅에 나를 묻어라." 그녀는 독백 같은 마지막 말을 남겼다.

그녀는 방바닥에서 일 미터쯤 높이에 있는 벽장의 얇은 미닫이문을 열고 구석 깊은 곳에 곱게 개켜져 있는 삼베 수의를 꺼냈다. 수의는 남편이 세상을 떠난 후 그녀가 자식들 몰래 장만한 것이다. 힘든 일이 있을 때마다 그녀는 벽장 속 수의를 꺼내 보곤 했는데, 이상하게도 그 옷 한 벌이 어떤 말보다 더 위로가 되었고 어떤 자식보다 더 의지가 되었다. 그녀는 수의를 방바닥에 펼쳤다. 넓게 펼쳐진 누런 수의는 그녀의 작고 야윈 몸보다 훨씬 컸다. 이 지상에서 입을 자신의 마지막 옷이 마치 갓 태어난 아기가 입을 배내옷처럼 포근해 보였다.

그녀는 마지막 말을 남긴 달력 종이를 두 번 접어서 수의의 가슴팍 부분에 놓고, 큰 대(大) 자로 뻗은 수의의 팔다리를 마치 자신의 몸을 접듯 꼭꼭 개켜서 벽장 안에 깊이 넣었다.

괜찮아요, 엄마

그녀는 결혼하지 않고 아이들 셋과 함께 살아왔다. 그 아이들은 그녀가 낳은 자식들도 아니고, 입양한 아이들도 아니다. 첫번째 아이는 이혼한 아버지에 의해서 아동보호시설에 맡겨졌다가 열한 살 때 그녀 집으로 왔다. 두번째 아이는 미혼모의 자식으로 사랑유아원에서 양육되다가 여섯 살 때 그녀 집으로 왔다. 세번째 아이는 할아버지 밑에서 자라다가 여덟 살 때 그녀 집으로 왔다. 아이들은 모두 그녀를 엄마라고 부른다. 물론 아이들이 그렇게 부르기까지는 꽤 시간이 걸렸다. 그 호칭에 담긴 뜻은 아이들에게나 그녀에게나 엄마 이상일 수도 있고, 엄마 이하일 수도 있고, 아니면 그도 저도 아닐 수도 있다.

행정 기관이나 복지 기관에서는 그녀와 아이들의 집을 그룹 홈 혹은 위탁 가정이라 부르고, 그녀를 위탁모 혹은 위탁 엄마라고 부른다. 행정적으로 혹은 법률적으로, 그녀는 아이들이 성인이 되기 전까지 그들을 맡아 키우는 엄마의 역할을 한다. 그 기간에 친권자가 아이의 양육 의사를 다시 밝히면 그녀는 그 아이를 친권자에게 보내야 한다. 그녀에게 위탁된 아이는 기초생활수급자로 지정되어 매달 일정액의 생활지원금을 받고 나중에 대학 등록금과 자립정착금을 지원받는다. 한국의 현실에서 그런 지원만으로 한 아이를 온전히 키울 수 있다고 생각하는 사람은 아무도 없을 것이다. 아이들과 함께 살아가면서부터 그녀는 두레생협에서 운영하는 제과점인 '자연의 빵'에서 파트 타임으로 일해왔고 지금도 그 일을 계속 하고 있다. 그렇게 자신이 번 돈과 아이들의 생활지원금으로 그녀는 근근이 생계를 꾸린다. 간혹 독지가의 후원금이 들어오기도 하지만, 해가 바뀔수록 그 금액과 빈도수는 많이 줄어들었다. 현재 그녀가 물질적으로 남을 도울 여력이 전혀 없듯이, 다른 사람들도 마찬가지일 거라고 그녀는 생각한다. 예전만큼 정신도 풍요롭지 않다.

그녀는 고등학교를 졸업한 후 수녀가 되려고 성 베네딕도 수녀회에 들어갔지만 종신서원을 앞두고 수녀회에서 나왔다. 머리에 검은 베일을 쓰고 짙푸른 수녀복을 입은 자신의 모습을 자기 존재의 실체로 받아들일 수 없었기 때문이다. 그것은 한편으로는 '사명'을 향한 영성 수련의 부족에서 기인한 것이었겠지만, 다른 한편으로는 '사명'이라는 허울 속으로 숨지 않겠다는 존재적 결단에서 기인한 것이기도 했다. 삼남매의 맏딸인 그녀가 수련 기간 내내 홀어머니에 대한 미안하고 애틋한 감정을 떨쳐내지 못한 것도 또 다른 원인이었다. 수녀회에서 나온 그녀는 성심아동복지회에서 아이들을 돌보는 일을 했다. 그러던 중 십 년 전쯤에 성심아동복지회 원장인 로셀리나 수녀가 그녀에게 위탁 가정을 꾸려볼 것을 권했다.

"여기서 아이들을 돌보는 것하고는 많이 다르겠지요. 하지만 수산나 자매님은 잘하실 수 있을 거예요."

"감당하기 어려운 일이에요."

"더 큰 사명도 지려고 했던 자매님이잖아요. 전 믿어요."

"사명감만으로 될 일은 아니에요."

"물론 그렇겠지요. 하지만 그 사명감 없인 시작도 못할 일이에요."

"전 엄마가 될 순 없어요."

"아이들에겐 엄마가 필요한 게 아니에요. 따뜻한 가정이 필요한 거죠."

남편이 일찍 세상을 떠난 후 혼자서 삼남매를 키워온 그녀의 어머니는 그녀가 위탁 가정을 꾸리겠다고 했을 때 강하게 반대했다.

"아이를 입양하겠다는 거니?"

"입양하고는 달라. 부모를 대신해서 얼마 동안 아이를 키우는 거야."

"어떤 아이를?"

"부모가 버린 아이, 부모가 없는 아이, 부모에게 맞은 아이, 경제 능력 없는 부모의 아이, 미혼모의 아이. 주변엔 이런 아이들이 헤아릴 수 없이 많아."

"감당할 수 있겠니? 자기 자식도 아닌데."

"오히려 내 자식이 아니라서 가능한 일이야."

"엄마가 되는 건 말처럼 쉽지 않아."

"엄마와 자식의 관계가 아니라니까."

"아이가 다 크면 어떻게 되는 건데?"

"아이는 나한테서 독립하는 거야."

"너는 어떡하고?"

"나? 다시 혼자가 되는 거지, 뭐."

"결혼은 영 안 할 거니?"

"엄마, 그 이야긴 다시 안 하기로 했잖아."

그 가정을 함께 이룬 첫 아이가 영수였다. 그녀와 영수가 처음 만난 날, 영수는 성심아동복지회 사무실 구석 의자에 혼자 앉아 있었다. 영수는 고개를 푹 숙이고 발로 사무실 바닥에 뭔가를 그리고 있었다. 그녀가 다른 의자 하나를 끌어당겨 영수 옆에 앉았다.

"안녕, 이름이 뭐니?"

그녀는 가만히 영수의 손을 잡았다. 고개를 숙인 영수는 하던 발짓을 멈추지 않았고, 대답도 하지 않았다.

"내 이름은 정성주야. 네 이름은 뭐니?"

그제야 영수는 발짓을 멈추고 목 안으로 기어 들어가는 작은 소리로 자기 이름을 말했다.

"그래, 영수야. 만나서 반가워. 고개 들어봐. 영수 얼굴 한번 보자."

영수는 고집스럽게 고개를 들지 않았고 바닥에 뭔가를 그리는 발짓을 다시 시작했다.

"영수야, 이제부터 나랑 같이 살아야 돼. 괜찮겠니?"

그녀의 말에 영수는 발짓을 멈추고 천천히 고개를 들어 그녀를 쳐다보았다. 영수의 큰 눈에는 눈물이 그렁그렁했다. 잠시 후 영수는 다시 고개를 숙였다.

영수가 중학교 1학년 때였다. 그때는 그녀가 세 명의 아이들과 함께 위탁 가정을 이룬 지 2년이 지난 때였다. 영수의 학교 담임선생이 그녀를 학교로 불렀다. 그동안 그녀는 졸업식이나 입학식을 제외하고는 아이들의 학교를 거의 찾아가지 않았다. 특히 학부모 회의에는 한 번도 참석하지 않았다. 그런 상황에서는 어쩔 수 없이 아이의 엄마여야 하는데, 혹은 아이의 엄마인 척해야 하는데, 그녀는 그런 모순적인 자기 존재가 너무도 불편했다. 교무실에서 그녀를 맞이한 영수의 담임은 자기 책상 옆의 의자를 그녀에게 권하며 입을 열었다.

"영수가 같은 반 아이와 여러 차례 싸움을 해서, 이렇게 어머님을 오시라고 했습니다."

담임은 책상 위에 놓인 두꺼운 생활기록부를 뒤적였다.

"영수가 성격상 친구들과 잘 어울리지 못해서요. 죄송합니다, 선생
님."

서류를 뒤적이던 담임은 영수의 생활기록부를 찾았는지, 그녀에게로
몸을 돌리며 말했다.

"영수에게 싸운 이유를 물었더니, 상대편 아이가 자기를 고아라고
놀려서 그랬다더군요. 그래서 가족 관계를 물었더니, 엄마는 계시는데
진짜 엄마는 아니라고……"

그녀는 고개를 돌려 창문 밖 운동장을 보았다. '진짜 엄마'라는 말을
입속으로 몇 번 되뇌었다. 쉬는 시간인지 넓은 운동장에선 아이들이
이리저리 뛰어다니고 있었다. 그중에 영수 비슷한 아이도 보이는 것
같았다.

"영수의 가족 관계가 정확히 어떻게 되는지……"

담임은 말을 머뭇거리며 그녀의 대답을 기다렸다. 그녀는 담임을 바
라보며 사실 관계를 담담하게 설명했다. 담임은 고개를 두세 번 끄덕이
더니 생활기록부를 재차 확인한 후 말했다.

"영수한테는 특별히 주의를 기울여야 할 것 같습니다."

그 말이 그녀를 향한 당부의 말인지, 아니면 담임 자신을 향한 다짐
의 말인지 불분명했지만, 어쨌든 그녀에게는 행정 기관 공문서의 상

투적인 문구처럼 아주 메마르게 들렸다. 마주 잡고 무릎에 올린 그녀의 두 손이 가볍게 떨렸다. 이어지는 담임의 말을 그녀는 더 이상 듣고 싶지 않았다.

"어머니께서도 잘 아시겠지만, 영수 같은 아이들은 문제아가 될 소지가 많습니다. 꼭 그렇다는 건 아니지만 통계적으로 그렇다는 말씀입니다. 학교에서도 신경을 쓰겠지만 어머니께서도 좀더 주의를 기울여 주셨으면 좋겠습니다."

담임이 애써 힘주어 말하는 '어머니'라는 단어를 그녀는 귀에서 털어내고 싶었다. 하지만 그 단어는 영수가 말한 '진짜 엄마'라는 단어와 들러붙어서 귓전을 계속 맴돌았다.

그날 저녁, 설거지를 마친 그녀는 영수의 방에 갔다. 영수는 방에 엎드려 만화책을 보면서 두 발을 건들건들 흔들고 있었다. 그 옆에 다가앉으며 그녀가 말했다.

"오늘 학교에 갔었어."

영수는 만화책에서 시선을 떼지 않았다. 하지만 건들거리던 두 발은 가만히 멈추었다. 그녀는 목소리를 조금 높였다.

"무슨 일 때문인지 궁금하지 않니?"

영수는 아무 말 없이 책장을 넘겼다. 그녀는 두 팔로 영수의 어깨를 잡고 영수를 일으켜 앉혔다. 그리고 영수를 바라보며 말했다.

"친구들이 고아라고 놀린다면서?"

영수는 시선을 방바닥에 펼쳐져 있는 만화책으로 돌린 채 아무 대답도 하지 않았다. 그녀는 영수의 옆얼굴을 쳐다보며 말했다.

"선생님한테 엄마가 없다고 그랬니?"

영수는 여전히 말이 없었다.

"그래, 네 말이 맞아. 난 엄마가 되려고 해도 될 수 없는 사람이야."

영수가 천천히 고개를 돌려 그녀를 쳐다보았다. 그녀는 영수 눈을 똑바로 쳐다보며 말했다.

"마음이 많이 아팠겠네."

영수가 아주 작은 목소리로 대답했다.

"괜찮아요, 엄마."

영수의 눈빛이 흐려졌다. 그녀는 다음 말을 찾지 못했다.

오늘 오후, 그녀는 성심아동복지회에서 로셀리나 수녀를 만났다. 작은 탁자를 사이에 두고 그녀를 마주 보고 앉은 수녀는 어렵게 입을 열었다.

"수산나 자매님, 아이들과 같이 생활하느라 힘드시죠? 마지막 아이가 몇 살이죠?"

"고등학교 1학년이에요. 애가 졸업하면 저도 짐을 벗어요."

로셀리나 수녀가 잠시 머뭇거리다 말했다.

"어려운 일이겠지만…… 아이를 하나 더 부탁드릴까 해서요."

"수녀님, 지금까지 버텨온 것만도 제 감당을 넘어서는 일이었어요."

"언제나 하느님이 자매님과 함께하실 거예요."

"저는 엄마 아닌 엄마예요. 엄마여야 할 순간마다 엄마일 수 없음을 절감해요. 어떤 여자가 이런 경계에 서서 하루라도 마음 편히 살 수 있을까요?"

"수산나, 그 어려움을 전들 왜 모르겠어요. 하지만 이 아인 갈 곳이 없어요. 벌써 가정을 세 번이나 옮겼어요."

"이젠 그 짐을 더 이상 지고 싶지 않아요."

"버려진 아이는 우리에게 짐이 아니에요. 하느님이 보내신 선물 같은 존재지요."

"더 이상 시험에 들고 싶지 않아요."

"수산나, 아이를 한 번만 만나보고 결정해주세요. 꼭 좀 부탁드려요."

로셀리나 수녀의 말에 따르면, 그 여자아이는 아홉 살 때 의붓아버지의 폭행 때문에 아동보호시설에 맡겨졌는데 거짓말과 도벽이 심하고 자기밖에 모른다고 했다. 옮기는 가정마다 분란을 일으켜 한 가정에서 2년을 넘기지 못했다고 한다.

그녀는 사무실 소파에 다소곳이 앉아 있는 아이를 만났다. 중학교 1학년인 그 아이는 짙은 남색의 교복 스커트를 짧게 줄여 허벅지가 훤히 드러나게 입었고 하얀 교복 상의는 허리를 잘록하게 줄여 몸에 착 달라붙게 입었다. 단발머리는 엷은 갈색으로 물들였고 얼굴은 갸름했으며 눈은 작고 동그랬다. 그녀는 아이에게 눈인사를 하며 맞은편 소파에 앉았다. 그녀는 미소를 지으며 물었다.

"이름이 뭐니?"

아이는 애써 예쁜 웃음을 지으며 그녀를 빤히 쳐다보고 말했다.

"오늘부터 아줌마가 내 엄마가 되는 거예요?"

그녀는 갑자기 할 말을 잃고 아이의 눈을 멍하니 쳐다보았다. 아이는 작은 눈을 더 크게 뜨고 또박또박 말했다.

"그럼 정식으로 인사드릴게요. 안녕하세요, 엄마? 저는 이경미예요."

그녀는 엄마라는 말에, 아니 엄마라는 말을 그렇게 쉽게 뱉어내는 아이의 태도에 열리던 입을 굳게 다물었다. 다시 아이가 말했다.

"들어서 아시겠지만, 아줌마가 네번째 엄마예요. 저번 엄마는 무지무지 나쁜 사람이었어요. 이유 없이 날 미워했어요. 내가 자기 돈을 훔쳤다고 마구 때렸어요. 난 한 푼도 건드리지 않았는데 말이에요. 그런 사람이 어떻게 위탁 엄마가 되었는지 모르겠어요."

"많이 힘들었겠구나."

"괜찮아요, 엄마."

아이의 말투는 저녁 바람처럼 가벼웠고 눈빛은 차가운 얼음처럼 매끈했다. 그녀는 이 아이가 그녀 집을 찾아온 네번째 아이임을 거부할 수 없었다.

나하고는 전혀 다른
꿈을 꾸고 싶어요

그녀는 살림농업학교 1층 강의실 밖 의자에 앉아 입학 면접에서 자기 차례를 기다리고 있었다. 살림농업학교는 2년 과정으로 농업 실습 및 이론을 가르치는 기숙학교이다. 입학 조건에 나이 제한이나 학력 제한, 그리고 성별 제한은 없다. 과정을 수료한 졸업생에게 어떤 자격증을 주거나 물질적 보상이나 지원을 해주지는 않는다. 졸업생의 대부분은 학교 주변 지역이나 다른 지역으로 귀농한다. 학교는 올해로 세번째 입학생을 맞는다. 그녀는 자기가 어떻게 해서 여기까지 왔나 하는 생각을 했다. 이 길은, 농사를 지어본 적도 없고 시골에서 산 적도 없는 서울 출신의 그녀가, 심지어 대학 시절 그 흔한 농촌활동조차 해보지 않은 그녀가 자연스레 선택할 수 있는 길은 아니었다. 사람은 인생에서 한두 번쯤은 가던 길을 갑자기 멈추고 전혀 다른 길로 들어설 때가 있다고 하는데, 지금이 그때일까? 이렇게 생각하면 내가 나 자신을 납득할 수 있는 걸까? 그녀는 피식 혼자 웃음을 지으며 머리를 조금 흔들었다.

독신의 그녀는 아주 오래 전부터 타자를 쳐왔다. 그녀의 손은 수동식 타자기부터 전동 타자기, 워드프로세서와 지금의 컴퓨터에 이르기까지 모든 기기의 한글 자판에 단련되어왔다. 그녀의 타자 실력은 1분에 400타를 치는 수준이다. 지금껏 그녀는 타자기와 컴퓨터의 자판에서 벗어난 일을 해본 적이 없다. 출판 원고를 컴퓨터 한글 파일로 재입력하고 교정, 교열하는 것이 그녀의 일이다. 어찌 보면 단순하다 할 수 있는 일이라 원고지 1매당 입력 단가는 그리 높지 않다. 이 일로 생계를 꾸리려면 최소한 8시간 이상 매일 컴퓨터 자판을 두드려야 한다. 만약 바쁘다는 핑계로 어떤 출판사의 의뢰를 거절하면, 그 출판사는 그녀에게 절대 다시 작업을 의뢰하지 않는다. 그녀를 대신할 사람들은 출판계 주변에 널려 있기 때문이다. 그래서 두세 개의 원고를 동시에 작업해야 하는 경우도 있다. 그럴 때는 며칠 밤을 꼬박 새우면서 자판을 두드려야 한다. 그러면 손목과 어깨가 쑤시는 것은 두말할 필요가 없고 두통까지 일어난다. 아마도 자판을 두드리는 소음이 그녀의 신경을 자극해서 그런지 모른다(그 소음은 마치 열 명의 사람이 동시에 얇은 나무판을 막

대기로 끊임없이 두드리는 소리처럼 들린다). 이처럼 연쇄적이고 집중적인 작업을 할 때는 귀마개로 귀를 틀어막는다. 그렇게 밤새 정신없이 자판을 두드리다 먼동이 터오는 빛이 그녀의 눈에 설핏 스며올 때, 바짝 곤두선 신경줄이 잠시 가라앉으며 아주 찰나의 순간에 새로운 기운과 위안을 얻기도 하지만, 이 일은 어느 누구에게도 권하고 싶지 않은, 정말 매력 없는 일이다. 하기야 누군들 20여 년 동안 일해온 자신의 직업에서 새삼스런 매력을 느끼겠는가. 자기최면에 능란한 사람이 아니고서야.

애초에 그녀 스스로가 이 일을 택한 건 아니었다. 어느 날 갑자기 그녀에게 주어진 일이었다. 대학교 3학년 어느 봄날, 같은 식물학과 4학년 선배가 그녀에게 딱 일주일만 타자를 쳐달라고 부탁했다. 학생회관 2층 라운지에서 선배의 부탁을 들은 그녀가, 운동권 선배가 왜 나한테 이런 부탁을 하지? 나하고 친한 사이도 아닌데, 하는 생각을 하며 결정을 망설이자(그녀는 학생 운동과는 거리를 두고 학과 공부만 열심히 하는 학생이었다. 학교에서 시위가 일어나도 먼발치에서 바라보거나, 아니면 시위대의 제일 뒤꽁무니에서 머뭇거리는 발걸음으로 뒤따라가는 사람에 속했다) 선배는 그녀에게, 우리 과에서 타자를 칠 줄 아는 사람은 너밖에 없어, 네가 거절하면 달리 부탁할 데도 없어, 급한 일이야, 한 번만 도와줘, 라고 말했다. 그녀가, 무슨 일인데요? 라고 묻자 선배는, 구체적으로 알 필요는 없어, 오히려 모르는 게 더 나아, 넌 타자만 쳐주면 돼, 별일 아니야, 라고 말하며 그녀를 쳐다보았다. 선배의 간절한 시선은 한순간도 그녀의 눈을 놓치지 않았다. 자신이 타자를 칠 줄 안다는 사실(당시에는 과제물도 대부분 학생들이 손으로 직접 써서 제출했다. 학생들 중에 타자를 제대로 칠 줄 아는 사람은 극히 드물었다)과 남의 부탁을 딱 잘라 거절할 줄 모르는 자신의 성미를 잠깐 동안 후회했지만, 그녀는 선배의 간청을 피할 핑계를 찾지 못했다. 다음 날 그녀는 선배가 그려준 약도를 들고 난생처음 을지로 인쇄 골목으로 갔고 사람들에게 물어물어 청타·사식업체인 영인청타를 찾았다. 서너 평도 안 되는 좁은 사무실 안에는 청타기와 사식기 한 대가 전부였고 일하는 사람은 사장 한 사람뿐이었다. 그 사장도 그녀만큼 젊었다.

젊은 사장이 그녀에게 내민 원고는 두툼한 대학 노트 두 권이었다. 노트 안에는 여러 사람의 필체로 된 볼펜 글씨가 빼곡했다. 노트 첫 페이지에 쓰인 제1장의 제목은 '해방 이후 북한의 마르크스주의'였다. 그녀는 눈을 동그랗게 뜨고 '북한'이라는 단어를 뚫어지게 쳐다보면서 그 제목을 입속에서 천천히 웅얼거렸다. 잠시 후 그녀는 노트를 보던 눈을 들어 젊은 사장을 빤히 쳐다보았다. 그에게 뭔가를 묻고 싶었지만 입에서 말이 떨어지지 않았다. 젊은 사장은 그녀의 시선은 아랑곳하지 않고, 일주일 안에 그 원고를 다 쳐야 돼요, 라고 사무적으로 말했다. 마치 예전부터 함께 일해오던 자기 직원에게 일상 업무를 지시하듯이. 그녀가 그에게, 청타는 처음 쳐보는데요, 라고 대꾸하자 젊은 사장은, 타자 칠 줄 알면 금방 쳐요. 별거 아니에요, 라고 정말 별일 아닌 듯 말했다. 그녀는 대학 노트를 한장 한장 넘기면서, 책으로 낼 원곤가요? 라고 물었고 젊은 사장은, 이번 달 안으로 내야 하는 거예요, 서둘러야 돼요, 라고 대답했다. 늘 해오던 일이라는 듯 무심한 말투였다. 그녀는 젊은 사장을 다시금 쳐다보았다. 갑자기 그가 노련해 보였다.

운동권 선배가 부탁한 일인지라 어느 정도 각오는 했지만, 정작 자신의 눈앞에 북한 관련 서적의 원고가 놓이자 그녀는 묘한 기분에 휩싸였다. 당시 대학가에서는 '북한 바로 알기 운동'(북한과의 교류와 북한에 관련된 정보가 철저히 차단된 상태에서 북한 관련 서적 몇 권을 읽는다고 해서 북한 사회를 제대로 알 수 있는지는 의문이지만, 일반인이 북한을 접할 수 있는 방법은 현실적으로 그것밖에 없었다. 합법적으로 혹은 비합법적으로 출간된 북한 역사서, 사상서, 소설 등은 북한의 정보에 굶주린 대학생들의 관심을 끌기에 충분했다) 같은 움직임이 번지고 있어서 그녀도 과사무실을 돌아다니는 북한 관련 서적과 자료들을 심심찮게 보아오던 터였다. 하지만 그녀 자신이 직접 그 서적 출판의 당사자가 된다는 사실은 북한 바로 알기와는 차원이 다른 문제였다. 한편으로는 '북한'이라는 용어가 불러일으키는 두려움 섞인 긴장감 때문에 자기도 모르게 몸이 경직되고 입이 굳었고, 다른 한편으로는 대학 시절 내내 운동권 선후배들에게 가지고 있던 부채의식에서 이번 일만은 꼭 해주자는 생각이 들기도 했다. 또 청타만 쳐주면 되는 간단하고 단순한 일인데 무슨 큰일이 생기랴 하는 안일하고 편의적인 자기방어 기제도 발동되었고, 그러면서도 어쩌면 경찰서에 잡혀갈지 모른다는 일말의 불안감이 영 떨쳐지지 않았다. 그녀는 그런 여러 감정이 복잡하게 뒤섞인 기분 속에서 일주일 내내 청타만 쳤다.

젊은 사장이 출판사 사장에게 완성된 청타지를 넘기던 날이었다(그 출판사의 이름은 그녀의 기억에 뚜렷이 남아 있지 않다. 당시는 북한 관련 서적이나 마르크스주의 서적, 그리고 정치경제학 서적을 출판하는 사회과학 출판사들의 전성시대였다. 책은 찍어내는 족족 거의 다 팔려 나갔다. 초판 3천 부 판매는 쉬운 일이었다. 그런 반면에 출판사가 감당해야 할 리스크는 다른 어떤 분야의 출판보다 훨씬 컸다. 출판한 책이 국가보안법이라는 그물망에 한번 얽히면 출판사 사장은 구속될 각오를 해야 했다. 아마도 영인청타를 찾아온 그 출판사는 그런 사회과학 출판사의 하나였을 것이다). 청타지 묶음이 든 누런 봉투를 출판사 사장에게 건네며 젊은 사장은 말했다.

"형, 김엑스엑스로 하자던 거 있잖아요. 그거 그냥 김일성으로 갑시다."

'김일성'이라는 단어를 말할 때 그의 목소리는 갑자기 확 낮아지면서 소곤거렸고 그는 괜히 주변을 둘러보았다. 그에게 형이라고 불린 출판사 사장이 그의 대학 학과 선배인지, 아니면 서클 선배인지, 아니면 운동 조직의 상부인지(혹은 그 반대인지)는 그녀가 알 수 없었다. 형이라 불린 사장이 대답했다.

"안 돼. 그건 바로 국보에 걸려. 최소 1년은 콩밥 먹어야 돼."

"형, 엑스엑스로 피해 가는 건 이제 그만합시다. 정면 돌파하자고요."

"엑스엑스로 해도 알 사람은 다 알아봐. 그럼 되잖아."

"글자 하나에 판매 부수가 달라지는 건 형도 잘 알잖아요. 김일성으로 나가면 몇 배는 뛸 거예요."

"야, 나 빵에서 나온 지 얼마 되지도 않았어. 또 들어가라고?"

"한 방 제대로 해봅시다. 이것저것 재지 말고. 우리 둘만 감수하면 여러 사람 좋잖아요."

그 여러 사람에 자신이 포함되는지 어떤지 그녀는 확신할 수 없었다. 출판사 사장은 고개를 숙이고 아무 말 없이 생각에 잠겼다. 그사이에 젊은 사장이 가벼운 말투로 덧붙였다.

"청타지에는 벌써 김일성으로 쳤어요. 번거롭게 고치지 맙시다. 시간도 없으니까."

"너 정말, 사람 잡는구나."

한 달쯤 뒤에 책이 서점에 나왔다(그녀가 서점에서 본 책의 제목은 『주체사상의 올바른 이해』였다). 그리고 얼마 뒤 출판사 사장이 국가보안법 위반('이적표현물 제작 및 유포와 반국가단체 수괴 고무 · 찬양'이라는 죄목이었다)으로 구속되었다는 사실을 그녀는 조선일보 사회면의 한 구석 기사에서 보았다. 자신이 직접 관련된 시국사건의 기사를 난생처음 보았던 그 충격 혹은 놀라움, 아니 두려움이 채 가시기도 전에, 식물학과 선배가 다시 그녀를 찾아와 부탁했다. 이번에는 한 달 동안만 도와달라고 했다. 마지막 부탁이라면서. 그녀는 잠깐 생각했다. 국가보안법 위반에 대해서. 또 구속이라는 것에 대해서. 그리고 '청타'라는 결코 단순하지만은 않은 일에 대해서. 이미 그녀는 이전의 그녀가 아니었다. 그녀는 선배가 또다시 그려준 약도를 들고 을지로 인쇄 골목에 있는 영진사식을 찾아갔다. 그 사무실은 영인청타가 있던 곳보다 훨씬 더 구석진 곳에 있었다. 두세 평밖에 되지 않는 영진사식의 사무실에서는 이전의 그 젊은 사장이 그녀를 기다리고 있었다.

이제 불혹을 넘긴 그녀는 어떤 회사에도 소속되지 않은 채 독립적으로 원고 입력 작업을 하고 있고 출판계에서는 실수 없이 정확하게 마감 일자를 지키는 베테랑 작업자로 통하고 있었다. 그녀와 거래하는 출판사의 편집 직원들이 그녀에게, 회사에 매이지 않고 혼자 일할 능력이 있으니 얼마나 좋으세요, 독립적이고 자유롭잖아요, 하고 말할 때마다 그녀는 을지로 인쇄 골목에 있던 영인청타와 영진사식의 좁은 공간에서 꼿꼿이 의자에 앉아 열심히 청타만 치던 자신을 떠올린다. 그리고 그 시간과 공간 속에 은밀히 배어 있던 무의식적인 연대감을 추억한다. 그때의 그 선배와 젊은 사장, 그리고 출판사 사장과의 인연은 그 시절만큼이나 강렬하고 짧았다.

"다음, 김현진 씨 들어오세요."

면접을 끝낸 사람이 강의실 밖으로 나오는 동시에 안에서 자신의 이름을 부르는 굵직한 남자 목소리가 들렸다. 그녀는 면접장 안으로 들어갔다. 세 사람의 면접관이 긴 탁자를 앞에 놓고 의자에 앉았고 그녀는 맞은편 조금 떨어져 있는 의자에 앉았다. 한 면접관이 바로 질문했다.

"우리 학교를 어떻게 아셨어요?"

"우연히 『녹색평론』을 읽다가 거기에 실린 학교 입학 안내문을 보고⋯⋯."

"『녹색평론』을 꾸준히 읽으세요?"

"아니요. 아주 가끔."

"왜 우리 학교에 입학하려고 하세요?"

다른 면접관이 물었다.

"공허해서요."

"네?"

"밤새 컴퓨터 자판을 두드리다가 새하얗게 밝아오는 아침을 맞이하면 죽을 것같이 공허해서요."

"하시는 일이 뭔데요?"

그녀는 면접관들에게 두 손을 들어 열 손가락을 활짝 펼치고 컴퓨터 자판을 두드리는 시늉을 하며 말했다.

"출판 원고를 컴퓨터에 한글 파일로 입력하는 일이에요."

"얼마 동안 하셨어요?"

"20년쯤. 젊은 날들이라 할 수 있는 그 모든 시간들이에요."

"근데 왜 갑자기 우리 학교에……"

"……"

그녀는 아무 말 없이 고개를 숙여 무릎 위에 놓인 자신의 두 손을 바라보았다. 그녀가 아무 말이 없자 면접관이 다시 말했다.

"우리 학교는 농업학교예요. 마음의 공허함을 치유하는 곳이 아닌데요."

"그걸 바라고 여길 온 건 아니에요."

"그럼 뭘 바라는 건가요?"

또 다른 면접관이 물었다.

"요즘 저는 어느 교수의 회갑 기념 논문집을 컴퓨터에 입력하고 있어요. 3천 매가 넘는 방대한 분량이에요. 그 교수가 7, 80년대에 썼던 미국 역사 관련 논문들을 전부 다 새로 컴퓨터에 한글 파일로 입력해야 하죠. 하루에 거의 열두 시간 이상 컴퓨터 자판을 두드려요. 아무 생각 없이 자판을 두드리다 보면, 내가 이 열 손가락들을 움직이는 건지, 아니면 이 손가락들이 나를 움직이는 건지 알 수 없는 지경이 돼요. 저는 이 일을 해오면서, 내일을 기대하고 기다린 적이 한 번도 없어요. 늘 오늘과 똑같은 내일이 다시 컴퓨터 앞에 와 있고, 저는 다시 컴퓨터 전원을 켜고 자판을 두드릴 테니까요. 그러다 문득 이런 생각이 들었어요. 내가 왜 이 길을 가고 있지? 선생님들은 살아오면서 이런 때가 없었나요?"

그녀의 돌발적인 질문에 세 명의 면접관은 아무런 대답을 하지 않았다. 다시 그녀가 말을 이었다.

"우연히. 맞아요, 정말 우연이에요. 살림농업학교가 내 눈에 들어왔어요. 그 순간 농사를 한번 배워보자는 생각이 들었어요."

"너무 즉흥적인 결정 아닌가요? 농사를 짓는 건 그리 쉬운 일이 아니에요."

"즉흥적이라고요? 그럴지도 모르겠어요. 근데 전 어릴 때부터 식물을 좋아했어요. 특히 나무를요. 또래 친구들은 하나도 없었지만 나무 친구들은 무지 많았어요. 또래들이 놀이터에서 놀 때 저는 산에서, 숲에서 나무와 함께 놀았어요. 대학에서 식물학과를 선택한 것도 그 때문일 거예요. 물론 그 이후는 나무와 아주 멀리 동떨어진 시간들이었지만요. 여기서 배우는 농사가 저를 다시 나무에게 데려다줄지도 몰라요. 그건 정말 아무도 모르는 일이에요."

"학교를 졸업하면 농사를 지을 건가요?"

"그건 잘 모르겠어요. 2년 뒤의 일이라…… 아마 나무와 함께 살 것 같아요."

"애초에 결심이 굳었던 사람도 막상 학교를 졸업한 후에는 농사일에 뛰어드는 게 쉽지 않아요. 나무를 좋아하신다니까 드리는 말씀인데, 특히 과수 농업은 더 많은 시간과 노력이 들어요. 돈도 많이 들고요. 아까부터 계속 드는 생각이지만, 김현진 씨의 입학 동기는 너무 막연하고 즉흥적인 것 같아요. 지금은 젊은 나이가 아니잖아요."

다른 두 명의 면접관도 고개를 끄덕이며 동의의 뜻을 나타냈다.

"사십이 넘은 나이에 우스운 일인가요? 이렇게 우연에 기대는 게. 전 단지 나무에게 한 발이라도 더 가까이 다가가고 싶을 뿐이에요. 그 길이 나를 위해서 어디에 따로 계획되고 준비되어 있는 건 아니잖아요."

세 명의 면접관들이 아주 작은 목소리로 서로 몇 마디씩 나누면서 가볍게 고개를 끄덕였다. 잠시 후 한 면접관이 그녀에게 말했다.

"우리 학교가 김현진 씨에게 도움이 될지 어떨지 판단이 서질 않는군요. 여러 가지 잘 생각해보겠습니다. 수고하셨습니다."

면접관들이 그녀에게 가볍게 목례를 했고 탁자 위에 놓인 서류들을 정리했다. 그녀는 의자에서 일어나 면접관들에게 인사를 한 후 잠시 머뭇거리다 다시 입을 열었다.

"밤새 컴퓨터 자판을 두드리다 보면 너무 피곤해서 컴퓨터 앞에서 깜빡 조는 때가 있어요. 그러면 꼭 꿈을 꿔요. 제가 자판도 없이 맨손가락으로만 컴퓨터에 원고를 입력하고 있는 꿈이에요. 저는 이상해서 제 손을 펴서 손가락들을 하나하나 살펴봐요. 그 손가락 하나하나 끝에는 한글 자모음이 돋을새김으로 뚜렷하게 새겨져 있어요. 저는 화들짝 놀라 꿈에서 깨어나요. 그러고는 다시 정신을 차리고 아무 일 없다는 듯 컴퓨터 자판을 두드리지요. 다시는 이런 꿈을 꾸고 싶지 않아요. 이젠 그동안의 나하고는 전혀 다른 꿈을 꾸고 싶어요. 헛된 바람일까요?"

면접 후 2주일이 지난 날 아침, 그녀는 살림농업학교에서 걸려온 전화를 받았다. 입학을 축하한다는 합격 통보였다. 기숙사에 입사하는 날은 2월 26일이라고 했다. 보름 후였다. 앞으로 보름 동안 계속 밤새 일해도 회갑 기념 논문집 입력을 끝낼 수 있을 것 같지 않았다. 하지만 이젠 끝내고 싶다. 이 길을.

눈물은 흘리지 않으려고 했다

초등학교 5학년인 나는 아빠와 단둘이 산다. 엄마는 없다. 나는 엄마의 얼굴도 모르고 이름도 모른다. 내 기억과 우리 집 안에는 엄마의 흔적이 아무것도 없다. 술 취한 아빠가 나를 앞에 두고 가끔 탄식조로 내뱉듯이 하는 말(네 엄마는 말이야, 애초부터 엄마가 될 여자가 아니었어. 그 여잔 너를 낳지 말아야 했어)에 따르면 엄마는 나쁜 사람 같은데, 그래도 그 나쁜 엄마를 한 번이라도 봤으면 좋겠다. 지금까지 나는 다른 어떤 사람에게도 엄마에 관해 말한 적이 없다. '엄마'라는 단어가 등장하면 입을 닫거나 그 자리를 슬그머니 피했다. 그런데 친구들은 내가 엄마 없는 아이라는 걸 귀신같이 알아냈다. 어떻게 알았을까? 내 얼굴에 쓰여 있는 걸까? 내 옷이 지저분해서 그런 걸까? 한동안은 그런 티를 없애려고 학교 가기 전에 한참 동안 화장실 거울 앞에 서 있곤 했다. 어쩌다 가끔은 아빠 앞에서 나도 모르게 '엄마'라는 말이 튀어나온다. 그러면 그 즉시 아빠는, 너를 낳고 도망치듯 떠나버린 여자야, 네 엄마가 아니야, 라고 말하며 내 입을 막는다. 아빠, 나를 낳은 사람이 바로 내 엄마잖아요! 안 그래요? 라는 말을 나는 언제쯤 아빠에게 할 수 있을까.

아빠는 세차장에서 시간제로 일한다. 오전 11시부터 오후 6시까지. 아빠의 휴일은 1년 동안에 비 오는 날과 눈 오는 날, 그리고 설날과 추석뿐이다. 당연한 일이겠지만, 나는 아빠와 함께 어디 놀러 간 기억이 거의 없다. 나는 학교가 끝나면 푸른꿈 지역아동센터에 가서 지낸다. 아빠는 오후 6시쯤에 나를 데리러 아동센터에 온다. 그때 아빠 몸에서는 비누 냄새 비슷한 게 난다. 그 냄새는 우리 집 비누 냄새보다는 훨씬 강하고 자극적이다. 게다가 냄새의 끝은 역겹다. 아마 세차장에서 묻어오는 모양이다. 가끔 아빠는 내 한쪽 어깨를 한 손으로 감싸 안고 집으로 걸어가는데, 그러면 나는 아빠 몰래 코를 막고 입을 막고 고개를 숙이고 걷는다. 집으로 돌아온 아빠는 저녁 식사를 준비한다. 아빠가 잘하는 요리는 콩나물된장국과 김치찌개인데, 너무 자주 먹어서 그런지 맛이 있는지 없는지는 잘 모르겠다. 식사 후에 아빠와 나는 거실 소파에 앉아 함께 텔레비전을 본다. 아빠는 말이 별로 없다(술을 마실 때는 예외지만). 아빠를 닮아서 그런지 나도 말이 별로 없다. 학교에서 잘 지내니? 응. 친구들하고도? 응. 우리 사이의 대화는 보통 그게 전부다.

한번은(초등학교 1학년 땐가? 2학년 땐가?) 세차장으로 아빠를 직접 찾아간 적이 있다. 정확하게 기억나지 않지만, 낮잠을 자다가 깬 뒤에 혼자 있는 집 안이 너무 무서워 그랬던 것 같다. 그때 아빠는 세차장 한가운데 우두커니 서 있는 나를 데리고 세차장 밖으로 나왔다. 아빠는 무릎을 구부려 앉은 자세로 내 어깨를 두 손으로 잡고 눈물 자국이 남은 내 얼굴을 쳐다보며, 다음부터는 절대 세차장으로 찾아오지 마, 급하면 전화를 해, 라고 말했다. 그러면서 아빠는 사탕 봉지 하나를 내 손에 쥐여주고는 나를 집으로 돌려보냈다(지금 생각해보니까, 그 사탕은 세차장을 찾는 손님들에게 서비스로 건네는 사탕인 것 같다). 그날 이후로 나는 '세차장'이라는 말을 아빠 앞에서 꺼낸 적이 없다.

아빠는 밤 10시부터 글을 쓴다. 아빠가 글을 쓴다고 한 지는 한참 되었는데(3년쯤? 아니면 4년쯤? 혹은 그보다 훨씬 더 오래일 수도 있다), 소설을 쓰는 것이라고 했다. 그러니까 아빠는 투잡을 가지고 있다. 세차장 일은 당장 돈을 버는 일이고, 소설 쓰는 일은 꽉 막힌 숨통을 틔우는 일이라고 언젠가 아빠가 말했다. 직업이 많으면 많을수록 더 힘들다는 것쯤은 나도 잘 알지만, 하루라도 글을 쓰지 않으면 왜 숨이 막히는지는 잘 모르겠다. 방학 때면 어김없이 등장하는 단골 숙제인 독후감 쓰기와 일기 쓰기는 내 숨통을 꽉꽉 막히게 하는데 말이다.

그런데 글을 쓰는 아빠는 전혀 다른 사람으로 변한다. 아주 예민하고 신경질적인 어떤 사람으로. 그때부터는 정말 모깃소리도 아빠 귀에 잡히는 것 같다. 그래서 나는 글 쓰는 아빠보다는 글 쓰지 않는 아빠가 더 편하고 좋다. 하지만 아빠에게 그걸 내색한 적은 없다. 텔레비전에서 밤 9시 뉴스가 끝날 때쯤이면 나는 아무 군소리 없이 내 방으로 들어가야 한다. 아빠에겐 말을 안 했지만, 밤 10시에 하는 드라마를 한 번도 본 적이 없어서 학교에 가면 친구들과의 대화에 끼질 못한다. 방에 들어간 나는 잠을 자거나 아무 소리도 내지 않고 조용히 지내야 한다. 간혹 아빠가 갑자기 내 방문을 벌컥 열고, 너 조용히 못하겠니! 떠들려면 밖에 나가서 놀아! 라고 소리칠 때는 아빠가 진짜 무섭다. 나는 단지 방에 엎드려 장난감 자동차를 가지고 자동차 경주 놀이를 하고 있었을 뿐인데 말이다. 꼬박 밤을 새워 새벽 5시까지 글을 쓴 아빠는 내 아침밥을 식탁에 간단히 차려놓고(주로 밥과 콩나물된장국과 김치이고, 가끔 참치 통조림 하나를 추가한다) 5시 30분에서 6시 사이에 잠자리에 든다고 했다.

아빠는 밖에서 술을 먹지 않는다. 술을 마실 친구가 없어서 그런지, 돈이 없어서 그런지, 아니면 둘 다 없어서 그런지 모르지만 아빠는 늘 집에서 나와 함께 식탁에 마주 앉아 술을 먹는다. 나는 주로 우유나 사이다를 마시고. 얼큰하게 술이 오른 아빠는 나를 앞에 두고 이런저런 이야기를 한다. 아마 그게 아빠의 유일한 즐거움인지 모르겠다. 어느 저녁, 소주를 한 병쯤 마신 아빠가 살짝 혀 꼬부라진 소리로, 이래 봬도 아빠 말이야, 신춘문예 출신이야, 신춘문예! 세상이 아직 내 소설을 못 알아봐! 상호야, 너 신춘문예가 뭔지 아니? 라고 말했다. 나는 아빠를 멀뚱멀뚱 쳐다보기만 했다. 방과 후 한자 교실에서 '신출귀몰'이나 '입춘대길'은 배웠지만 '신춘문예'는 배운 적이 없었다. 아빠는 빈 잔에 소주를 따랐다(내가 아빠에게 술을 따라주고 싶어도, 늘 아빠 손이 내 손보다 빠르다). 아빠는 그 잔을 원샷으로 마신 후(아빠는 소주란 원샷으로 마셔야 제맛이 난다고 그런다), 상호야, 조금만 기다려, 이번 소설은 꼭 당선될 거야, 세계문학상 상금이 일억이야, 일억! 이라고 말했다. 불콰해진 아빠 얼굴이 더욱 벌겋게 달아올랐다. 일억이라는 말을 듣는 순간, 나는 로또 1등에 당첨되는 기적 같은 행운을 떠올렸다. 매주 꼬박꼬박 로또를 한 장씩 사 온 아빠에게는 비록 5등에 당첨되는 작은 행운조차 아직까지 한 번도 찾아온 적이 없었지만.

아빠와 나는 성원아파트 501호에 산다. 계단식 5층 아파트의 꼭대기 층에 있는 제일 왼쪽 끝 집이다. 아빠는 조용한 밤에 글을 쓰기 위해 애써 이 집에 전세를 들었다고 했다. 성원아파트 옆에 있는 부동산 사무소에 줄을 대고 1년을 기다린 끝에 운 좋게 얻은 집이라고 했다. 우리 집 오른쪽에 있는 유일한 이웃인 502호만 조용하면 아빠의 글쓰기에는 더할 나위 없이 좋은 집이라고 했다. 하지만 매일 5층 계단을 오르내리는 일은 고역이었다. 여하튼, 다행히 502호에는 할아버지와 할머니 두 분이 정말 조용히 살았다.

그런데 어느 일요일, 502호에 살던 할아버지 할머니가 이사를 나가고 다른 사람이 이사를 들어왔다. 그날은 세차장이 쉬는 날이었는지, 아니면 아빠가 일부러 일을 나가지 않았는지는 모르겠지만, 아빠는 집에 있었다. 아빠가 방 안에 있는 나를 불렀다. 아빠는 문 앞에서 서성이며 바깥에 귀를 기울이고 있었다. 아빠는 나한테 어떤 사람이 이사 오는지 밖에 나가보라고 그랬다. 나는 싫다고 했지만 아빠는 아파트 문을 열고 내 등을 밖으로 떠밀었다.

502호 문은 활짝 열려 있었다. 이삿짐센터 사람들인지 그 집 식구들인지 알 수 없는 여러 사람들이 이삿짐을 옮기고 부리고 있었다. 나는 문 앞에서 고개를 조금 숙이고 복도 바닥에 의미 없는 발짓을 하며 어색하게 서 있었는데, 이삿짐을 들고 계단을 올라오던 어떤 여자가 나에게 밝은 미소를 띠며 인사했다. 여자는 아빠보다는 조금 더 젊어 보였고 네모나고 각진 검은색 뿔테 안경을 썼고 입술 화장은 아주 빨갰다.

"501호에 사니?"

"네."

"몇 학년?"

"5학년이요."

"이름은 뭐니?"

"이상호."

"그래. 앞으로 잘 지내자."

손에 든 이삿짐을 바닥에 내려놓고 나에게 다가선 여자는 내 머리를 쓰다듬고 어깨를 가볍게 토닥였다. 세차장 일을 마친 직후 아빠 몸에서 나는 비누 냄새만큼이나 강하고 자극적인 냄새가 났다. 하지만 그 냄새의 끝은 달콤했다.

"네."

나는 여자에게 꾸벅 인사하고 아파트 문을 열고 집으로 들어왔다. 아빠는 문 앞에 그대로 서 있었고 신발을 벗는 나에게 물었다.

"어떤 사람들이야?"

"몰라. 어떤 아줌마만 봤어."

"혼자 산데?"

"그걸 어떻게 알아."

"집 안을 살펴보면 알 수 있잖아."

"그러면 아빠가 직접 나가서 봐. 난 몰라."

아빠는 문밖으로 나가지 않았다. 그날 내내 아빠는 불안한 얼굴로 거실 소파에 앉아 귀를 쫑긋 세우고 옆집에서 나는 소리 하나하나를 탐색했다.

다음 날 저녁, 초인종이 딩동딩동 하고 울렸다. 나는 아파트 문을 열었다. 502호 여자였다. 한 손은 팥고물 시루떡이 담긴 하얀 스티로폼 접시를 들고 있었고, 다른 손은 작고 하얀 개를 안고 있었다. 개는 튀어나온 눈이 아주 컸고 얼굴은 뾰족하고 작았고 오뚝 선 귀는 얼굴에 비해 컸다(이런 개를 치와와라고 하는 건가?).

"안녕!"

여자가 말했다.

"네. 안녕하세요."

나는 고개를 조금 숙여 인사한 뒤에 큰 소리로 방 안에 있는 아빠를 불렀다. 아빠가 문 앞으로 걸어오자 개가 왕왕왕 하고 짖었다. 그 목소리가 날카롭고 앙칼졌다. 아빠의 얼굴이 심하게 일그러졌다.

"안녕하세요. 어제 옆집으로 이사 온 사람이에요."

여자는 웃음 띤 얼굴로 아빠에게 인사를 하면서 떡이 담긴 접시를 건넸다. 아빠가 두 손으로 접시를 받아드는데, 또 개가 짖었다. 왕왕.

"고맙습니다, 잘 먹을게요. 근데 개를 키우시나요?"

아빠는 집에서 기르는 개나 고양이를 보면, 혹은 그런 걸 집에서 키우는 사람을 보면 질색한다. 그 이유는 잘 모르겠는데, 언젠가 아빠는 짐승이 사는 곳과 사람이 사는 곳은 엄연히 다르다고만 말했다.

"네. 얘가 없으면 전 못 살아요. 미미! 아저씨께 예쁘게 인사드려요."

개가 아빠를 보고 짖는다. 왕왕. 그게 반갑다는 인사인지 경계한다는 뜻인지는 알 수 없었다.

"시끄럽지 않을까요?"

아빠가 조심스럽게 말했다.

"걱정 마세요. 조용한 아이예요."

여자는 가볍고 시원하게 대답했다.

"아이라고요?"

"네, 제 딸 같은 아이. 호호호."

여자는 개의 작은 머리를 한 손으로 부드럽게 쓰다듬었다. 개는 또 짖었다. 왕왕왕.

미미는 정말 잘 짖었다. 아침에 내가 학교에 가려고 문을 열면 502호의 닫힌 문 안에서 미미가 짖는 소리가 들렸다. 왕왕. 꼭 학교에 잘 다녀오라고 나에게 인사를 하는 것 같았다. 나는 502호의 닫힌 문에 얼굴을 가까이 대고, 미미 안녕! 하고 인사하며 계단을 뛰어 내려갔다. 미미는 내가 2층 계단에 이를 때까지 짖었다. 아마 아빠가 세차장을 가려고 문을 여닫을 때도, 그리고 계단을 내려갈 때도 미미는 똑같이 짖어대겠지. 저녁에 내가 아빠와 함께 집에 돌아올 때도 미미는 짖었다. 우리가 3층 계단에 들어서면, 어떻게 알았는지 귀신같이 미미는 짖었다. 아빠는 고개를 절레절레 흔들며, 저 미친놈의 개새끼, 라고 내뱉었지만 나에게는 꼭 학교에 잘 다녀왔느냐는 인사처럼 들렸다. 내가 502호의 문 앞에서, 미미 안녕! 하고 인사하면 아빠는 나에게 꿀밤을 주었다.

나는 미미가 귀엽고 좋았다. 아빠가 집에 없는 주말이나 공휴일에는 집에 혼자 있는 외로움과 무서움이 덜해서 좋았다. 옆집에서 미미가 짖으면, 나를 지켜주고 있다는 느낌이 들었다. 가끔 옆집 여자가 미미를 데리고 밖으로 산책을 나가면 나도 같이 따라 나가기도 했다. 미미는 나를 보면 꼬리를 흔들며 좋아했고 내 뒤를 졸졸 따라왔다. 내가 달리면 미미도 뒤따라 달렸다. 가슴에 안아주면 미미는 내 뺨을 핥았다(물론 이건 아빠한테는 비밀이다).

언젠가부터 아빠 얼굴이 푸석푸석해졌고 눈은 벌겋게 충혈되었고 몸은 힘없어 보였다. 아빠가 괜히 나에게 짜증을 내거나 신경질을 부리는 때도 점점 많아졌다. 아마도 그 이유는, 아빠가 잠을 푹 자지 못하거나, 아니면 글이 잘 써지지 않거나, 둘 중의 하나일 것이다. 혹은 둘 다이거나.

저녁 식사를 마친 후 아빠와 나는 소파에 앉아 텔레비전을 보았다. 옆집에서 미미가 짖는 소리가 왕왕 하고 들렸다. 아마도 아파트 3층이나 4층 어느 집 문이 열렸다 닫혔거나 어떤 사람이 아파트 계단을 올라오는 것이리라. 아빠는 끙 하고 신음 소리를 내며, 사람 사는 집에서 개가 상전이니 이게 말이 돼! 라고 말하며 자리에서 일어났다. 아빠는 문을 열고 나가 옆집 초인종을 눌렀다. 나는 반쯤 열린 문을 통해 아빠 등을 바라보았다. 이렇게 아빠 등을 정면으로 바라본 것은 난생처음인 것 같았다. 아빠의 등은 조금 굽어 보였다.

"누구세요?"

옆집 문 안에서 여자 목소리가 들리는 동시에 미미가 짖었다. 왕왕왕.

"옆집 사람입니다. 드릴 말씀이 있어서요."

걸쇠가 걸린 채로 옆집 문이 조금 열렸다. 미미가 짖는 소리가 더 크게 들렸다. 아마 문 앞에까지 따라 나와 있는 모양이다.

"저 개 때문에요." 아빠가 말했다.

"개라니요? 미미 말인가요? 미미가 왜요?"

미미가 다시 짖었다. 왕왕.

"이렇게 짖어 대니 시끄러워서 살 수가 없어요."

"시끄럽다니요? 미미는 낯선 사람이 무서워서 그럴 뿐이에요. 평소엔 얼마나 얌전하고 조용한데요."

여자는 미미를 손에 안아 들었다. 여자는 걸쇠가 걸린 채 빼꼼히 열린 문틈으로 아빠를 빤히 쳐다보았다.

"얌전하다고요? 한밤중이고 새벽이고 쉴 새 없이 짖어 대는데도요?"

"조용한 시간에 사람들이 시끄럽게 하니까 그러겠죠."

"아니, 내가 시끄럽게 해서 그렇다는 말이에요?"

아빠의 목소리가 좀 커졌다. 덩달아 미미의 목소리도 커졌다. 왕왕왕.

"꼭 그렇다는 게 아니라 서로서로 조용히 지내면 된다는 말이지요."

"내 말은, 저 개가 시끄럽다는 거예요."

"얜 이유 없이 짖지 않아요. 작은 소리라도 애한텐 엄청 크게 들리거든요. 그러니 사람들도 조심해야죠. 애도 엄연히 이 아파트 입주자예요."

"뭐요? 입주자요?"

"그럼요. 미미는 우리 집 식구니까요."

"정 그러시다면, 성대 수술이라도 해야 하는 거 아니에요?"

"성대 수술이라니요?"

"사람 사는 아파트에 개가 살려면 그 정도는 감수해야죠."

"미쳤어요. 내 딸을 병신 만들게."

"그깟 개 한 마리 때문에 사람이 미칠 지경이에요."

"이 사람이 정말 미쳤나 봐. 왜 남의 집 일에 이래라저래라 해요!"

여자는 문을 쾅 닫았다.

나는 아빠가 잠자리에 드는 새벽 시간에 일어나보기로 결심했다. 미미가 짖는 소리가 새벽에는 어떻게 들리는지 직접 확인하고 싶었다. 전날 밤에 알람을 맞춘 탁상시계를 머리맡에 두고 잤는데도, 그 시간에 일어나는 일은 쉽지 않았다. 두세 번 실패를 하고 난 다음 날 새벽, 겨우 잠에서 깬 나는 5시 40분쯤에 방문을 열고 거실로 나왔다. 콩나물된장국 냄새가 확 났다. 아빠가 식탁에 내 아침밥을 차리고 있었다. 아빠는 놀란 표정으로, 왜 일어났어? 학교 갈 시간 아직 멀었어, 더 자, 라고 말했다. 나는 눈을 비비면서, 으응 오줌 마려워서, 라고 말하며 화장실로 걸음을 옮겼다. 화장실 문을 열고 들어가서 문을 탁 닫으니까, 옆집에서 미미가 짖었다. 왕왕. 새벽이라 그런지 그 소리는 꽤 크게 들렸다. 나는 좌변기 뚜껑을 닫고 그 위에 앉아 귀를 기울였다. 잠시 후 아빠가 방으로 들어가며 방문을 열고 탁 닫으니까, 다시 미미가 짖었다.

왕왕. 그 소리는 꽤 날카로웠다. 나는 자리에서 일어나 변기 물을 내리고 화장실을 나왔다. 소리가 나지 않게 방문을 조용히 여닫은 후 나는 잠자리에 누웠다. 눈을 감고 잠을 청하는데, 다시 미미가 짖었다. 왕왕. 아무 소리도 들리지 않았는데 미미는 왜 짖지? 왕왕왕. 나는 다시 잠이 들었다.

아침 8시쯤에 일어나서 식탁에서 밥을 먹은 후 나는 아빠 방문을 살짝 열어보았다. 아빠는 눈에 안대를 쓰고 잠자리에 누워 몸을 이리저리 뒤척이고 있었다. 방문을 닫으려는데 아빠가, 상호야 학교 잘 다녀와, 라고 낮게 가라앉은 목소리로 말했다. 응 아빠 잘 자, 라고 말하며 나는 방문을 닫았다. 학교에 가려고 아파트 문을 열고 나와서 문을 닫자, 미미가 짖었다. 왕왕왕. 은근히 짜증이 났다. 나는 미미에게 인사하지 않았다.

밤 9시쯤 아빠는 술이 많이 취했다. 얼마 전 초조한 얼굴의 아빠가 세계문학상 마감이 바로 코앞에 닥쳤다고, 그래서 하루에 원고지 20매씩 써나가도 빠듯하다고 나에게 말했던 날 이후로, 술 취한 아빠의 모습을 본 것은 그날이 처음이었다. 아빠는 평소와 다르게, 식탁 앞에 나를 앉혀두지 않고 혼자 술을 마셨고 소주를 두 병이나 마셨다(보통은 한 병쯤 마신다). 아빠가 세 병째 뚜껑을 따려고 할 때, 거실에서 텔레비전을 보고 있던 나는 식탁으로 가서, 아빠 이제 그만 마셔요, 라고 말했다. 아빠는 눈동자가 조금 풀리고 반쯤 감긴 눈으로 나를 쳐다보며, 글이 안 돼, 글이…… 머릿속에서 빙글빙글 돌기만 해, 라고 혀가 잔뜩 꼬인 목소리로 말했다. 내가 술병을 치우려는데 아빠는 내 손을 덥석 잡으며, 상호는 아빨 믿지? 라고 말했다. 그동안 아빠를 믿지 않았던 적은 한 번도 없었다. 뜬금없는 물음에 나는 무슨 말을 해야 할지 몰라 가만히 고개만 끄덕였다. 아빠가 한숨을 크게 내쉰 후, 그래 소설이 허물어지든지 내가 허물어지든지, 둘 중의 하나겠지, 너를 봐서라도 이번엔 꼭…… 이라고 말을 이었다. 그때 옆집에서 미미가 짖는 소리가 크고 선명하게 들렸다. 왕왕왕. 순간 아빠의 얼굴이 험악하게 일그러졌다. 아빠는 옆집 쪽을 힐끗 쳐다본 후, 상호야, 넌 저 소리가 어떻게 들리니? 라고 물으며 나를 빤히 쳐다보았다. 아빠의 눈빛은 나에게서 너무나 멀어 보였다. 아빠는 내 대답을 기다리지 않았다. 저 개새끼가 짖기 시작하면, 그래, 저 소리가 내 귀를 두드리기 시작하면, 그걸로 모든 게 끝이야, 생각도 달아나고 소설도 달아나고 잠도 달아나, 붙잡으려고 하면 할수록 더 멀리 달아나, 결국 머릿속은 하얘지고 내 몸엔 저 소리만 남아서 끝도 없이 왕왕거려, 라고 아빠는 말했다. 잠시 후 미미가 또 짖었다. 왕왕왕. 아빠는 자리에서 가만히 일어나더니 몸을 비틀거리며 아파트 문을 열고 나갔다.

아빠는 옆집 문을 주먹 쥔 손으로 쾅쾅쾅 두드렸다. 미미가 큰 소리로 왕왕왕 짖었다. 아빠는 발로 문을 쾅쾅쾅 걸어찼다. 미미는 날카롭고 앙칼진 소리로 왕왕왕 짖어 댔다. 아빠는 손과 발로 문을 두드리고 걷어찼다. 쾅쾅쾅. 미미는 짖었다. 왕왕왕. 뒤죽박죽 뒤섞인 두 소리는 아파트를 뒤흔들었다. 그런데 옆집 여자의 목소리는 전혀 들리지 않았다. 다시 아빠는 문을 두드리고 걷어찼고 미미는 짖었고 또 아빠는…… 그렇게 10분쯤 지났을까, 경찰관 두 사람이 아파트 5층으로 올라왔다. 그들은 502호에 사는 사람의 신고로 출동했다고 했다. 당장 조용히 하고 집으로 들어가지 않으면 경찰서로 연행하겠다고 했다. 뭐, 연행? 난 아무 소리도 안 냈어, 저 개새끼 소리 안 들려? 잡아가려면 저 개새끼나 잡아가! 사람 잡아먹는 저 소리를 잡아가라고! 라고 소리 지르며 뻗대던 아빠는 경찰관들의 완력에 밀려서(그 와중에 나는, 아빠 제발 그만해, 라고 말하며 뒤에서 아빠의 허리띠를 두 손으로 붙잡고 아빠를 집 안으로 잡아당겼다) 집으로 들어왔다.

아빠가 세차장 일을 나가고 나 혼자 집에 있던 어느 일요일 오후.

나는 피시방에 가려고 집을 나섰다. 아파트를 나와 길을 건너 피시방 쪽으로 걸어가는데 뒤에서 왕 하고 개 짖는 소리가 났다. 뒤돌아보니 미미였다. 옆집 여자는 보이지 않았다. 나는 주변을 둘러보았다. 길 건너편 편의점 안에 옆집 여자가 보였다. 여자는 물건을 고르느라 정신이 없었다. 잠시 후 버스가 와서 정류장 앞에 섰고 옆집 여자는 버스에 가려 시야에서 사라졌다. 나는 얼른 미미를 두 손으로 들어 가슴에 안고 버스를 탔다. 어디로 가는 버스인지도 모른 채, 어디를 가겠다는 뚜렷한 목적도 없이 무작정 버스를 탔다. 버스에 올라탄 순간 미미가 짖었다. 왕왕. 버스 안에 앉아 있던 사람들이 일제히 나를, 아니 미미를 쳐다보았다. 나는 고개를 조금 숙이고 미미의 머리를 한 손으로 쓰다듬으며 빈자리를 찾아 앉았다. 버스는 천천히 출발했다. 나는 고개를 왼쪽으로 돌려 편의점을 쳐다보았다. 편의점을 나온 여자가 주변을 이리저리 둘러보며 급히 걸음을 옮기고 있었다. 미미야! 하고 소리치는 여자의 목소리가 버스 안에서도 희미하게 들리는 것 같았다. 나는 얼른 차창에서 고개를 돌리고 미미 머리를 손으로 조금 눌렀다. 미미는 끙끙대는 소리를 내며 내 손을 핥았다. 미미는 크고 검은 눈으로 나를 멀뚱히 쳐다보았다. 나는 가슴이 두근거렸다.

10분쯤 지났을까, 아니 20분쯤 지났을까? 나 혼자서 이렇게 멀리 집 밖으로 나온 적은 한 번도 없었다. 나는 버스를 탈 때와 마찬가지로 무작정 버스에서 내렸다. 미미를 가슴에 꼭 안고서. 미미는 따뜻했다. 미미가 몸을 바르르 떨었다. 그 떨림이 그대로 내 가슴으로 옮아왔다. 미미는 주변을 두리번거렸다. 덩달아 나도 두리번거렸다. 미미와 내가 서 있는 곳은 어느 아파트 단지 앞이었다. 우리 아파트보다 훨씬 크고 높았다. 나는 아파트 단지 안으로 들어갔다. 미미가 짖었다. 왕왕왕. 낯선 곳이라 무서워서 그랬는지, 아니면 옆집 여자를 찾느라 그랬는지는 잘 모르겠지만, 미미의 목소리는 평소와 달리 더 날카롭고 컸다. 나는 미미를 가슴에 꼭 안고 계속 걸었다. 커다란 아파트 단지 안을 한참 돌아다니다가 우연히 어린이집을 보았다. 순간 나는 아이들이 미미를 좋아할 거라는 생각을 했다. 어린이집 앞에는 작은 마당이 있었고 그 둘레에는 연두색의 낮은 철제 울타리가 둘러쳐져 있었다. 다행히 마당에는 아무도 없었다. 나는 미미를 두 손에 들고(미미는 여전히 몸을 바르르 떨었다) 울타리 안에 가만히 내려놓은 후 바로 뒤돌아서서 냅다 달렸다. 뒤에서 미미가 짖었다. 왕왕왕. 왕왕왕. 미미의 목소리가 내 뒷덜미를 붙잡고 잡아당기는 것 같았다. 나는 고개를 푹 숙이고 전속력으로 달렸다. 어느 방향으로 달리고 있는지는 신경도 쓰지 않았다. 왕왕. 점점 희미해지는 미미의 목소리가 나를 끝까지 쫓아왔다. 나는 그냥 달렸다. 한 번도 뒤를 돌아보지 않고. 미미의 목소리가 거의 들리지 않을 때쯤 나는 자리에 멈춰 서서 두 손을 무릎에 대고 몸을 조금 숙인 채 가쁜 숨을 가누었다. 두근거리던 가슴은 점차 가라앉았지만 왠지 허전했다. 눈물은 흘리지 않으려고 했다.

그날 저녁(내가 집을 어떻게 찾아왔는지는 잘 기억나지 않는다), 아빠는 방에서 마감이 진짜(!) 코앞에 닥친 소설을 쓰고 있었고, 나는 거실 소파에 멍하니 앉아 있었다. 그때 초인종이 딩동 하고 울렸다. 지금껏 초인종 소리가 이렇게 크게 들린 적은 없었다. 가슴이 두근두근 뛰었다. 누구세요? 응 옆집 사람이야. 문 좀 열어봐. 문 손잡이를 잡는 순간 손이 조금 떨렸다. 나는 문을 열었다. 뛰는 가슴은 쉬 가라앉지 않았고 귓불이 발갛게 달아오르는 것 같았다.

"상호야, 미미 못 봤니?"

옆집 여자가 다급하게 말했다. 여자는 머리가 헝클어졌고 안경을 쓰지 않은 눈은 벌겋게 충혈되어 있었다.

"못 봤는데요. 왜요?"

내 목소리가 흔들렸다.

"미미가 없어졌어."

"언제요?"

나는 애써 목소리를 눌렀다. 목소리는 더 흔들렸다.

"아까 낮에. 편의점까지는 같이 갔는데……"

여자는 더 이상 말을 잇지 못하고 나를 쳐다보기만 했다.

"……"

나는 입을 닫았다.

"상호야, 미밀 보면 꼭 알려줘. 응?"

여자는 내 손을 붙잡고 흔들었다. 여자의 손이 차갑고 축축했다.

"네."

나는 간신히 입을 열었다. 그리고 문을 닫았다.

최소한의 나를
지켜냈을 뿐이에요

나는 손에 들고 있던 작은 손가방에서 하얀 편지 봉투를 꺼내 병원 원장의 책상 위에 올렸다. 의자에 앉은 원장은 겉면에 검은색 글씨로 사직서라고 쓰인 봉투를 힐끗 보더니, 박 간호사, 일이 이렇게 돼서 유감이야, 이런 결과를 바란 건 아닌데…… 라고 덤덤한 목소리로 말했다. 나는 아무 말 없이 고개를 조금 숙인 뒤 원장실을 나왔다.

　사직서를 쓰던 어젯밤 나는 밤잠을 이루지 못하고 고민했다. 오십을 바라보는 나이에 지금껏 잘 다니던 직장을 그만둔다는 게 과연 제정신으로 할 수 있는 일일까? 과연 나를 받아줄 다른 직장은 있을까? 아들 하나만 바라보며 자존심이고 뭐고 다 버리고 살아왔는데 이제 와서 무엇을 지키려고 사표를 내는 것일까? 직장을 내던지고 지킬 만한 소중

한 그 무엇이 있다면 그것은 과연 무엇일까? 나는 그 질문 어느 하나에도 분명한 답을 내리지 못했다. 그럼에도 그만두어야 한다고 생각했다. 그래, 어쩔 수 없는 일이야. 어쩔 수 없음을 받아들이는 일이야. 그 이상도 그 이하도 아닌 거야. 그런 거야.

내가 일하는 내포영상의학과 의원에 그녀가 첫 출근을 한 것은 한 달쯤 전이었다. 당시 병원에는 거의 보름 동안 임상병리사 자리가 비어 있었던 터라 원장은 다급하게 사람을 구했다. 건강검진 대상자들이나 다른 병원의 의뢰로 찾아온 환자들의 혈액, 소변, 대변 검사와 방사선 및 초음파 검사를 주로 하는 병원의 성격상 임상병리사 자리는 하루도 비워둘 수가 없었다. 더구나 시골 읍내의 임상병리사들은 그 수가 한 손으로 꼽을 만큼 적어서, 임상병리사 자리를 채우는 것은 어지간히 힘들고 골치 아픈 일이었다.

읍내 병원들 주변을 떠도는 그녀의 평판은 그리 좋지 않았다. 특히 이전 병원에서는 같이 일하는 간호조무사들과의 갈등이 아주 심했다고 한다. 원장도 그런 평판들을 알았지만, 그런 것들을 시시콜콜 따지다가는 임상병리사의 빈자리를 절대 채울 수 없다는 사실도 분명했다. 면접을 보던 날 그녀는 원장에게 말했다.

"월급이나 근무 조건은 다른 병원만큼만 해주세요. 원장님도 잘 아시겠지만, 중요한 건 병원 내 서열이에요. 요즘 간호조무사들이 싸가지가 없거든요. 자기들이 뭐 간호사라도 된 줄 착각하고 산다니까요. 전에 다니던 병원도 개판이었어요. 그리고 결정은 바로 지금 해주세요. 다른 병원에서도 연락이 많이 오거든요. 저에겐 기다릴 시간이 그리 많지 않아요."

그녀가 첫 출근을 한 날 아침, 원장은 정 간호사와 차 방사선사, 그리고 나를 진료 접수대 앞에 한 줄로 세워놓고 자기 옆에 서 있는 그녀를 소개했다.

"여기 김 실장님은 경험 많고 실력 있는 분이에요. 제가 어렵게 모신 분이에요. 잘들 협조하길 바랍니다."

원장의 말이 끝난 뒤, 그녀는 우리들 중 어느 누구에게도 고개를 숙여 인사하지 않았고 한 사람씩 빤히 쳐다보기만 했다. 무표정하게 굳은 얼굴과 차가운 눈빛은 외부와 자기 세계를 완고하게 차단하는 듯했다. 나이가 나보다는 조금 젊어 보이는 그녀는 무릎 위까지 내려오는 하얀색 가운을 입었고 가운의 왼쪽 가슴주머니에는 '임상병리사 김희옥'이라는 푸른 글씨가 선명하게 새겨져 있었다. 그 주머니 속에는 빨강, 파랑, 검정색 볼펜이 가지런히 꽂혀 있었다. 하얀 가운 밑으로 살짝 드러난 짙은 남색 스커트 아래로 뻗은 그녀의 다리는 짧고 굵었고 검은색 구두는 밑창이 아주 낮았다. 귀밑으로 일자로 삭둑 자른 단발머리에 얼굴은 두툼하고 넓적했고 눈매는 가늘게 찢어졌고 키는 조금 작은 편이었고 하얀 가운 밖으로 드러난 몸매는 아주 단단해 보였다.

"김희옥 실장입니다. 잘 부탁해요."

그녀는 '실장'이라는 말에 힘을 주면서 짧게 인사했다. 목소리는 날카롭고 높았다. 두툼하고 단단한 외모하고는 많이 어긋나는 목소리였다. 그 어긋남이 조금 기괴했다. 정 간호사와 차 방사선사, 그리고 나도 그녀에게 차례대로 인사했다. 그녀는 여전히 고개를 세우고 우리를 빤히 쳐다보았다. 간단한 인사가 끝난 후 원장이 그녀와 나를 원장실로 따로 불렀다.

원장은 책상 앞 의자에 앉은 그녀와 나를 번갈아 보며 밝은 웃음을 짓고 두 손을 비비면서 말했다.

"이쪽은 우리 병원 고참 간호사인 박 간호사예요. 병원 일에 대해서는 모르는 게 없는 사람이에요. 어려운 일이 있을 땐 박 간호사에게 도움을 청하세요."

나는 고개를 옆을 돌려 그녀와 눈인사를 하며 살짝 고개를 숙였는데 그녀는 나를 위아래로 쓱 훑어본 뒤 시선을 획 돌리고 고개를 빳빳이 세웠다. 잠시 후 그녀는 원장을 똑바로 쳐다보며 말했다.

"박 간호사는 아마도 간호조무사겠지요. 직원들 신분은 정확하게 알려주셔야지요."

나는 잠시 동안 멍하니 그녀를 쳐다보았는데 그녀는 내 시선을 아랑곳하지 않고 의자에 몸을 기대며 팔짱을 꼈다. 그녀의 돌발적인 말에 당황했는지 원장이 나를 슬쩍 쳐다보며 몇 번 눈을 껌뻑이며 말했다.

"그래도 호칭만은 서로를 존중해야지요."

원장이 얼굴에 웃음을 머금으며 그녀의 눈치를 살폈는데, 그녀는 원장 말을 듣는 둥 마는 둥 하며 잘라 말했다.

"서열은 분명히 해야지요."

원장은 어색한 웃음을 억지로 유지하며 말했다.

"박 간호사가 김 실장한테 이것저것 잘 알려드리세요. 물론 김 실장은 다 잘하실 테지만…… 그럼 두 분 서로 잘 협조하세요."

원장이 말을 끝맺자 그녀는 먼저 자리에서 일어났고 나는 그녀를 뒤따라 원장실에서 나갔다. 문을 열고 임상병리실로 들어선 그녀는 뒤따라오는 나를 향해 갑자기 몸을 돌리며 신경질적으로 말했다.

"왜 따라 들어와요?"

나는 순간 멈칫하면서 대답했다.

"전임 임상병리사가 했던 일이나 병원 일들을 알려드리려고……"

그녀는 내 말이 채 끝나기도 전에 빠르게 말을 내뱉었다.

"필요 없어요. 내 일은 내가 알아서 할 테니까. 나가서 일 봐요."

당황스러웠지만 말없이 몸을 돌려 임상병리실을 나가는데 그녀는 내 등에 대고 혼잣말처럼 웅얼웅얼 덧붙였다.

"간호조무사 주제에 뭘 안다고……"

발걸음을 멈춘 내가 몸을 돌리자 그녀가 내 눈을 빤히 쳐다보며 쏘아붙였다.

"왜요? 내가 틀린 말 했어요?"

나는 아무 말 없이 임상병리실을 나왔다.

고등학교를 졸업한 직후 나는 대호방직에 취직했고 공장의 직포 라
인에서 일했다. 24시간 2교대의 쉼 없는 일이었다. 정신없이 일했지만
먹고사는 데 필요한 최소한의 돈을 벌 뿐이었다. 야간 근무조에 속해
끝없이 야근을 하는 게 돈을 많이 버는 유일한 방법이었다. 시간이 지
나면서 임금이 조금 올랐고 2교대 근무가 3교대 근무로 바뀌었지만, 이
른바 공순이의 삶이 달라진 것은 별로 없었다. 나는 여전히 회사 기숙
사의 좁은 4인실에서 살았고 식당 메뉴에서 매 끼니 빠지지 않는 마늘
종 장아찌를 지겹도록 먹었고(아마도 그래서겠지만, 지금도 나는 마늘
종 장아찌 반찬을 정말 싫어한다), 야근 수당이 제일 많이 붙는 심야 근
무조(0시부터 오전 8시까지) 일을 마다하지 않았다. 하지만 미래는 보
이지 않았다. 아니 내 눈에 보이는 미래는 뻔했다. 우리 공순이끼리 하
는 말로, 좋은 남자를 만나지 않으면 좀처럼 풀리기 어려운 박복한 팔
자였다. 그런 공장 생활 틈틈이 나는 부기학원을 다녔다. 부기 3급 자
격증을 딴 후에 일신섬유의 말단 경리직으로 직장을 옮겼다. 6년 만에
공순이 딱지를 뗀 셈이었다. 그곳에서 경리과 대리로 일하던 남편을 만
났다. 그는 나의 첫 남자였고 적어도 나에게는 좋은 남자였다.

10년 전 남편이 폐암으로 갑자기(암 진단을 받고 3개월 만에) 세상을 떠난 후, 나에게 남은 것은 방 두 칸의 전셋집과 여덟 살 난 아들 민우였다. 당장 먹고살 일을 찾아야 했다. 나이 탓인지 경리 일자리는 찾을 수 없었고, 그렇다고 다시 공장에 가기는 싫었다. 나는 중국 음식점과 칼국숫집에서 주방 일과 서빙 일을 파트타임으로 하면서 저녁에는 간호학원에 다녔다. 1년의 간호학원 교육 과정을 마치고 간호조무사 시험에 합격한 후 나는 내포영상의학과 의원에 취직했다. 여러 면에서 간호사에 비할 수준은 아니었지만 간호조무사라는 기술자격증으로 따낸 월급제의 정규직이라 내심 뿌듯했다. 병원에 첫 출근 하기 전날 저녁, 집에서 하얀 간호사복을 입고 거울에 비친 내 모습을 바라보았다. 옆에 선 민우가, 엄마 멋있어! 라고 말하며 환하게 웃었다. 거울 속에서 나를 빤히 쳐다보며 살짝 웃고 있는 여자는 나보다 훨씬 젊고 당당해 보였다. 과부라는 말이 어울리지 않는 한 여자가 거울 속에 있었다. 병원에서 첫 월급(아마 80만 원 정도였을 것이다)을 받던 날, 나는 민우 앞으로 매달 30만 원의 적금을 들었다. 지금까지 그 적금을 거른 적은 한 번도 없었다. 간호조무사 일은 나에게 두번째 인생을 열어주었다.

어느 날 병원의 점심시간.
주문한 식당 음식이 병원에 도착한 지 10여 분이 지난 때였다. 뒤늦게 식탁에 자리한 그녀가 된장찌개를 한술 뜨다 말고 숟가락을 탁 소리가 나게 식탁에 내려놓으며 큰 소리로 말했다.

"찌개가 벌써 다 식었잖아! 밥이 왔으면 제때 알려줘야지. 나만 따돌리는 거야!"

우리 중에서 나이가 제일 어린 정 간호사가 기어들어가는 목소리로 말했다.

"아까 말씀드렸는데요."

그때 차 방사선사가 먹던 밥을 남긴 채 슬그머니 자리를 떴다. 그녀는 정 간호사를 매섭게 노려보며 말했다.

"여기서 누가 제일 높은 사람이야, 응? 정 간호사가 한번 말해봐."

정 간호사가 대답을 하지 못하고 그녀와 내 눈치만 살피자 그녀는 손바닥으로 식탁을 큰 소리 나게 몇 번 치면서 언성을 높였다.

"내가 자리에 와서 앉을 때까지 기다려야 하는 거 아니야? 간호사라 불러주니 이건 위아래도 몰라보고……"

나는 그녀를 쳐다보지도 않고 아무 말 없이 먹던 밥을 계속 먹었다. 그녀는 그런 나를 못마땅한 눈초리로 쳐다보더니 분을 삭이지 못한 목소리로 말했다.

"박 간호사는 지금 목구멍에 밥이 넘어가? 남편 잡아먹은 과부가 다르긴 다르군. 위아래 없는 싸가지하고는……"

내가 손에 든 수저를 가만히 내려놓고 두 손으로 음식이 놓인 넓은 쟁반을 움켜쥐자 그녀는 도발적이고 거친 목소리로 소리쳤다.

"왜? 뒤집어엎게? 그래 한번 엎어봐. 남편 잡아먹듯 나도 잡아먹어 보라고!"

어느 날 나는 점심시간을 이용해 아들의 학교에 가서 담임 선생님과 면담을 하고, 2시 20분쯤(병원의 점심시간은 1시부터 2시까지다)에 병원으로 돌아왔다. 진료 접수대의 내 자리에는 김 실장이 대신 앉아 있었다. 나는 그녀에게 빠른 걸음으로 다가가면서 고개를 약간 숙이며 조심스럽게 말했다.

"미안해요. 아들 학교에 잠깐 다녀오느라고 조금 늦었어요."

"조금? 여기 기다리고 있는 환자분들 봐. 환자 접수는 도대체 누구 일이지?"

그녀는 비아냥거리며 말했고 나는 다시 고개를 숙이며 조용히 말했다.

"죄송해요. 아들 담임 선생님과 이야기가 길어져서요."

그녀는 나를 거들떠보지도 않고 빠르게 말을 내뱉었다.

"그 어미에 그 자식이겠지. 자식놈이 또 사고를 쳤나 보지. 저번에 보니까 그렇게 생겨먹었더라고."

순간 나는 손이 부들부들 떨렸고 가슴이 빠르고 세차게 두근거렸고 얼굴이 화끈거리며 달아오르기 시작했는데 그녀는 차갑고 빈정대는 말투로 계속 말했다.

"과부가 키우는 자식이 그렇지 뭐. 별수 있겠어? 지 어미 안 잡아먹으면 다행이지."

나는 그녀에게 바짝 다가서서 그녀를 노려보며 목에 핏대를 세우며
말했다.

"야! 니가 뭔데 내 자식을 욕해. 얻다 대고 함부로 욕질이야, 응? 니
앞가림이나 제대로 해, 이 쌍년아!"

그녀는 잠시 멍한 표정으로 할 말을 잃고 나를 쳐다보았는데, 그때
방사선실 문이 빼꼼히 열렸고 뒤이어 원장실 문도 빼꼼히 열렸다.

다음 날 아침, 원장이 나를 원장실로 불렀다. 내가 책상 앞 의자에 앉
자마자 원장은 부드러운 목소리로 말했다.

"박 간호사가 좀 참아. 김 실장이 문제가 많다는 건 잘 알지만 어떻
게 하겠어? 제 발로 나갈 사람도 아니고 무작정 쫓아낼 수도 없고. 만
약에 김 실장이 불쑥 그만두기라도 한다면 어디서 임상병리사를 다시
구하겠어? 우리 병원 사정 잘 알잖아. 난처한 내 입장을 좀 생각해보
라고."

나는 아무 말 없이 고개를 숙인 채 무릎 위에 올려놓은 손만 바라보
았다. 원장은 답답했는지 헛기침을 몇 번 하더니 다시 말했다.

"난 병원 시끄러운 건 딱 질색이야. 이 나이에 내가 앞으로 몇 년이
나 더 병원을 하겠어? 좀 서로 좋게 좋게 지내자고."

"문제를 일으킨 건 김 실장이에요."

"누가 그걸 따지자고 그랬나? 박 간호사, 병원 생활 하루이틀 한 것도 아니잖아. 왜 이리 세상물정을 모르나?"

나는 천천히 고개를 들고 원장을 똑바로 쳐다보며 조용히 말했다.

"저는 최소한의 나를 지켜냈을 뿐이에요."

"허 참, 답답한 사람이네. 박 간호사는 간호조무사고 김 실장은 임상병리사야. 여하튼 박 간호사가 참으라고. 그렇게 못하겠다면 난 어쩔 수 없어."

나는 원장의 최종 통보에 아무런 대답을 하지 않고 자리에서 일어나 원장실을 나왔다.

썰물 같은 나날들

교통사고 직후 119구급차에 실려 동신의료원 응급실에 도착한 나는 머리와 상반신의 CT촬영을 끝낸 후 곧바로 308호실에 입원했다. 의식은 뚜렷했지만, 머리가 깨어질 듯 아팠다. 얼굴 왼쪽 광대뼈 부분은 찰과상과 더불어 벌겋게 부어올랐고 목은 움직이기 어려웠고 어깨는 뻐근하고 무거웠다.

사고 당시, 그러니까 그날 오후 6시쯤, 나는 햇살유기농협동조합 사무실에서 퇴근하여 버스를 타러 장곡면사무소 쪽으로 걸어가고 있었다. 마침 편도 일차선의 한적한 그 길을 지나던 마티즈 승용차의 오른쪽 사이드 미러가 나를 갑자기 뒤에서 치고 나갔고, 순간 몸의 균형을 잃은 나는 그 자리에서 한 바퀴 획 돌면서 길에 쓰러졌다. 그때 머리가 아스

팔트 바닥에 부딪히면서 잠시 정신을 잃었다. 정신을 잃은 시간이 얼마 동안인지는 정확히 알 수 없었지만, 아주 짧은 시간이라 여겨졌다. 물론 의식불명 상태에서 깨어난 직후의 판단이라 신빙성은 떨어진다. 사고 후 30분쯤 지나 119구급차가 현장에 도착했을 때 나는 아직 사고의 충격으로 일어서지 못하고 길에 주저앉은 채 두 다리를 가슴께로 모아 올리고 무릎 위에 두 팔을 올려놓고 머리를 푹 숙인 채 깊은숨을 내쉬고 있었다. 그 와중에 사고 운전자가 흥분하고 놀란 늙은 여자 목소리로 119구급대원에게 사고 경위를 허둥지둥 설명하는 것 같았는데, 내 귀에는 그 내용이 정확하게 들리지 않았다. 구급대원의 부축을 받으며 구급 침상에 누웠을 때 내 시야에 어렴풋이 들어온 것은, 길가에 비스듬히 정지해 있는 마티즈 승용차 뒤창에 앙증맞게 붙어 있는 노란 스마일 그림과 초보 운전이라 쓰인 하얀 글씨였다. 순간 늙은 인생과 초보 운전의 언밸런스에 실소를 머금다가, 내 인생 또한 그런 언밸런스 속에서 흔들려왔음을 자인하며 쓴웃음을 짓고 말았다. 웃음 뒤끝으로 왼쪽 입꼬리가 살짝 비틀려 올라가면서 얼굴 왼쪽 광대뼈 부근에 욱신욱신한 통증이 훅 밀려왔다. 나는 자동적으로 왼손을 들어 광대뼈에 댔다. 곧이어 손바닥으로 전해지는 축축하고 미끄덩거리는 낯선 감촉에 침상에 누운 채로 눈앞에서 손바닥을 펴보았는데, 뻘건 피가 흥건히 묻어 있었다.

사고 다음 날 병실을 찾은 담당 의사는, 뇌를 감싸고 있는 외피에 쌀

알만 한 작은 혈흔이 보이고 그 때문에 두통과 구토가 뒤따를 수 있는데 약물치료 중에는 절대안정이 필요하다고 했다. 다행히 몸의 다른 부위에는 특별한 이상이 없다고 했다. 병상에 누운 나는 심한 두통 때문에 오른손 엄지와 중지를 양쪽 관자놀이에 하나씩 대고 힘껏 누르며 의사 말에 귀를 기울였지만, 그 말의 처음과 끝을 온전히 따라가는 것은 힘들었고 단지 절대안정이라는 낱말만이 귓전에 맴돌았다. 나는 얼굴을 찡그리며 의사를 쳐다보고, 머리가 너무 아파요, 라는 말을 힘겹게 반복했는데, 의사는 회복하는 데 시간이 조금 걸릴 거라는 말과 함께 다시 한번 절대안정을 강조했고, 병상 옆에 걸려 있는 길쭉한 물병 모양의 간이 소변통을 숙지시키며 가급적 화장실에도 오가지 말라고 당부했다.

구토는 그날 밤 11시경부터 시작되었고 두 시간에 한 번꼴로 계속되었다. 사고 후 아무것도 먹지 못한 배 속에서는 처음에는 멀건 토사물이 나왔고 나중에는 누런 위액이, 그러다가 거무튀튀하고 진득한 액이 밀려 올라왔다. 위와 창자에 든 모든 액체를 게워내야 겨우 끝날 것 같은, 아니 그래도 끝날 것 같지 않은 지겹고 힘겨운 구토였다. 나는 토할 때마다 병상에 앉은 채로 링거액 걸이에 걸려 있는 검은 비닐봉지 다발에서 봉지를 하나씩 떼어내어 거기에 토했는데, 구토 후 자리에 누우면 금방 다시 배 속이 울렁거리고 메스꺼웠다. 그러는 중에도 머리에는 망치로 치는 것처럼 둔중한 통증과 바늘로 찌르는 것처럼 날카로운 통증이 번갈아 이어졌고 때때로 어질어질한 현기증까지 동반했다.

다음 날에도 증세는 여전했다. 간호사가 내 혈압과 링거액 상태를 확인한 후 보호자가 누구냐고 물었다. 병상에 누운 내가 한 손을 머리에 얹은 채 아무 대답 없이 의아한 눈빛으로 쳐다보자 간호사가 다시 말을 이었다.

"입원서약서에 보호자 서명이 필요해요. 환자분처럼 머리를 다친 분은 갑자기 상태가 악화될 수 있기 때문에 보호자 연락처가 꼭 필요해요."

나는 병상에서 몸을 조금 일으키며 물었다.

"당사자가 직접 병원에 와야 하나요?"

"그럼요."

"그 보호자라는 게 법률적 보호자를 말하는 건가요? 아니면 실제적 보호자를 말하는 건가요?"

간호사는 내 말을 이해하지 못하겠다는 듯 고개를 갸웃하더니 나에게 되물었다.

"그게 같은 말 아닌가요?"

"나에게는 그게 달라서 하는 말이지요."

간호사는 별난 사람 다 봤다는 표정으로 나를 쳐다보며 말했다.

"그럼 누구든지 오시라고 하세요."

내 보호자 노릇을 하러 병원까지 흔쾌히 올 사람이 있다면 내가 왜 그런 말을 했겠는가. 꼭 구걸하는 느낌이 들었다. 아픈 몸으로 자신의 보호자를 손수 찾아 나서야 한다는 일이. 간호사가 병실을 나간 후, 나는 병상에 누운 채 머리 뒤로 양손을 괴고 멍하니 천장을 쳐다보았다.

고등학교를 졸업하고 고향 대구를 떠난 뒤부터 지금껏 나 자신 외에 다른 보호자가 필요했던 적은 한 번도 없었다. 아니, 딱 한 번 있었다. 대학교 2학년 때 자퇴서를 낼 때였다. 부모님의 동의가 필요하다는 지도교수의 말에 나는 고향에 연락했고 부랴부랴 어머니가 서울에 올라왔다(지금 생각해보면 그때 왜 고향집에 연락했는지 잘 이해가 되지 않는다. 그냥 조용히 학교에 나가지 않았으면 되었을 일을. 학교를 자퇴한다는 사실을 부모형제한테 당당히! 알리고 싶어 그랬을까. 마치 요즘의 커밍아웃처럼). 자취방에서 나를 만난 어머니는, 어떻게 들어간 대학인데…… 졸업은 해야지, 판사가 되겠다던 네 꿈은 어떡하고? 라고 말했고 나는 심드렁한 표정으로, 대학에서는 더 이상 배울 게 없어요, 라고 대답했다. 어머니는 도저히 납득할 수 없다는 눈빛으로 나를 쳐다보며, 그럼 앞으로 어디서 뭘 하려고? 라고 물었고 나는, 우선 자퇴하고 나중에 자리 잡으면 그때 말씀드릴게요, 라고 말하며 구체적인 대답을 피했다. 어머니는 크게 한숨을 내쉬며, 우리한텐 너밖에 없어, 다시 한번 생각해보면 안 되겠니? 라고 말했지만 나는 죄송하다는 말 외에 다른 말은 하지 않았다. 결국 내 뜻을 꺾지 못한 어머니는 대구행 기차를 타기 직전 서울역 플랫폼에 서서 나를 하염없이 쳐다보며, 아버지가 다시는 너를 보지 않으려고 하실 텐데…… 라고 말을 흐리며 안타까워했고, 나는 아무 대답도 하지 않고 어머니를 배웅했다. 기차에 올라탄 어머니는 창가 좌석에 앉아 차창 밖으로 멀어져가는 나를 끝까지 쳐다보았다. 이틀 후에 나는 구로공단의 대동전자에 위장취업했다.

나이 오십이 넘어서까지도 여전히 보호자가 필요하다는 현실에 헛웃음이 났지만, 입원 환자의 처지로는 병원의 요구를 피해 갈 방법이 달리 없었다. 결국 형에게 연락해야 하나…… 아니야, 형에게 먼저 손을 내밀고 싶지는 않아. 형이 내민 손을 내가 잡아주는 상황이면 모를까.

1985년 초여름, 대구에서 직장을 다니던 형이 대동전자로 나를 불쑥 찾아온 적이 있었다. 어떻게 형이 내가 일하는 공장을 알아냈는지는 지금도 잘 모른다(내가 형에게 물어본 적도 없었고 형이 나에게 말해준 적도 없었다). 내가 공장에 들어온 지 1년 남짓 되던 그때는 대우어패럴 파업(나는 파업 소식을 그날 점심시간에 회사 동료들로부터 처음 들었다. 이후에 연이어 효성물산, 선일섬유, 가리봉전자에서 동조 파업이 일어났다. 노동 운동가들은 이를 일컬어 구로동맹파업이라 했다)이 일주일 만에 구사대와 경찰에 의해 진압된 직후였다. 당시 가리봉오거리와 구로공단 내 요소요소에는 투구를 쓴 전투경찰들이 서너 명씩 짝을 지어 발끝부터 명치 부근까지 가리는 커다란 방패를 들고 서 있었고 사복 경찰로 보이는 사내들도 무전기를 손에 들고 공단 내 거리를 오가며 삼엄한 분위기를 자아내고 있었다. 어쩌면 아버지가 신문 사회면에 톱기사로 실린 '대우어패럴 동조농성'이라는 제목의 기사를 우연히 보고(아버지 성격으로는 아마 1단짜리 작은 기사였더라도 놓치지 않았겠지만) 형에게 채근했는지 모른다. 하나밖에 없는 동생 빨리 찾아오라고.

다행인지 불행인지는 모르나, 그때 대동전자는 파업의 소용돌이에서 한참 벗어나 있었던 터라 나는 프레스 금형라인에서 평소와 다름없이 열심히(?) 일했다. 퇴근 후에는 공단 2단지에 있는 대우어패럴 정문 앞까지 걸어가서 길 건너편 인도에 멀찌감치 서서 파업 노동자들을 바라보았다. 그들은 2층 작업장 창문가에 모여 꽹과리와 북을 치면서 「농민가」와 「흔들리지 않게」라는 운동가를 부르고 '노조위원장 석방하라!' '노동삼권 보장하라!'는 구호를 외치고 있었다. 나는 두 손을 바지 주머니에 찔러 넣고 얼굴이 발갛게 상기된 채 설렘과 긴장, 부러움과 안타까움이 뒤섞인 복잡한 심경으로 그 장면을 쳐다보았다. 그즈음의 나는 근무 시간에는 매 순간 손가락이 잘려나가지 않을까 노심초사하며 프레스 앞에서 눈을 부릅뜨고 야근까지 하면서 정말 열심히(!) 일했고, 퇴근 후에는 벌집의 자취방(쪽문을 열고 들어가면 바로 좁은 부엌이 나오고 연이어 방 한 칸이 이어져 있는 값싼 사글셋방. 이런 방들 여러 개가 한데 모여 있는 다가구 주택을 당시에는 벌집이라고 불렀다. 거기서 생활하는 사람들은 대부분 공단의 노동자들이었다)으로 돌아와 정신없이 쓰러져 잠이 들었다. 노동자가 되는 일만으로도 하루는 정말 짧고도 짧은 시간이었다. 그런 만큼 나의 노조 조직 사업은 지지부진했고 대동전자의 민주 노조 결성은 아직 요원한 일이었다.

형과 나는 가리봉오거리 근처에 있는 별다방에서 만났다. 평일 저녁이라 그런지 손님은 우리밖에 없었다. 창가 테이블에 앉은 우리는 테이블 위에 놓인 커피가 다 식어갈 때까지 아무 말 없이 서로의 시선을 피하고 있었다. 다방 스피커에서는 양희은의 「하얀 목련」이 조용히 흘러나오고 있었다. 계절과 시절에 어울리지 않는 노래라는 생각이 잠깐 머릿속을 스치는 중에 형이 먼저, 어머니 아버지 걱정이 커, 늘 너 얘기만 하셔, 라고 말하며 어렵게 입을 열었다. 내가 아무 말이 없자 형이 잠시 한숨을 쉬다가, 네가 찾던 길이 이런 거야? 라고 말하며 나를 쳐다보았다. 나는 아무 말 없이 커피 잔을 손에 들고 식은 커피를 홀짝였고 시선을 비스듬히 내리깔고 커피 잔을 만지작거리는 형의 손을 물끄러미 쳐다보았다. 형은 아무 말이 없는 내가 답답했는지 조금 높은 목소리로, 이건 아니잖아? 네가 왜 공돌이가 돼야 해? 라고 물었고 나는 커피 잔을 손에서 내려놓고 시선을 들어 형을 똑바로 쳐다보며, 노동자가 되는 사람이 따로 있는 건 아니잖아, 라고 대답했다. 형도 나를 똑바로 쳐다보며, 판사가 되겠다던 놈이 잘하는 짓이다, 라고 말했고 나는 잠시 생각하다가, 자기 앞가림만 하고 있을 순 없어, 라고 대답했다. 형은 실망스러운 표정을 노골적으로 드러내며, 그럼 어머니와 아버지는 어떡하고? 너 때문에 대학까지 포기한 난? 하고 말했다(나보다 두 살 위인 형이 대학을 안 간 건지 못 간 건지는 잘 모른다. 형은 늘 그게 나 때문이었다고 스스로 말해왔을 뿐이다). 형의 목소리가 컸는지 카운터에 앉아있던 다방 아가씨가 우리를 쳐다보았다. 나는 조금 작은 목소리로, 시대가 던지는 문제를 외면하는 건 무책임한 짓이야, 라고 말한 후 커피잔을 다시 들고 커피를 마셨다. 커피는 식을 대로 식어 차가웠다. 얼굴이 벌겋게 붉어진 형은, 너 아주 이기적인 놈이구나, 가족은 안중에도 없는 거야! 앞으로 내 얼굴 다시 볼 생각 하지 마! 라고 말한 뒤에 커피잔을 들고 식은 커피를 단숨에 벌컥 들이켰다.

그날 이후로 지금껏 내가 형에게 먼저 연락한 적은 단 한 번도 없다. 아마 앞으로도 그럴 거 같다. 생각에 골몰한 때문인지, 두통이 더 심해졌다. 나는 오른손으로 주먹을 쥐고 머리를 가볍게 두드렸는데 그 진동으로 머릿속 뇌가 흔들흔들하는 느낌이었다. 잠시 후 속이 울렁거리고 입안에 침이 고이기 시작했다. 나는 누운 자리에서 벌떡 일어나 앉아 링거액 걸이에 매달려 있는 검은 비닐봉지 다발에서 봉지를 하나 뜯어 두 손으로 봉지를 벌려 거기에 웩웩 구역질을 하며 토했다. 그런 후 다시 자리에 누웠는데 두통과 울렁거리는 속은 쉽게 가라앉지 않았다. 눈을 감고 억지로 낮잠을 청해보았지만 잠은 오지 않았다.

결국은 그녀에게 연락할 수밖에 없단 말인가. 아직은 법률적으로 부부 관계라서? 말도 안 돼. 내가 귀농한 이후 시작된 별거 생활이 벌써 5년째야. 그동안 서로 안부 연락조차 거의 하지 않았잖아. 3년 전 어머니 초상 때도 그녀에게 알리지 않았고. 그런 내가 그녀에게 손을 내밀어? 면목없는 짓이지. 그럼 연락할 다른 사람이 있나?

챗바퀴 도는 상념은 꼬리에 꼬리를 물었다.

그녀와 나는 1992년 초겨울 '민중대통령후보백기완선거운동본부'에서 처음 만났고 두 달 동안 선거운동본부 소식지 『진보시대』를 함께 만들었다. 민중대통령후보가 선거에서 맥없이 패배하고 선거운동본부가 해산된 후에도 우리 두 사람은 계속 만났다. 그 시절의 활동가들은 운동 노선의 일치를 남녀 관계의 전제로 여겼는데(노선은 크게 피디(PD)와 엔엘(NL)로 구분되었다. 양 진영의 활동가들은 서로를 원수 대하듯 했다. 원수를 사랑해서 연인이 되는 경우는 지극히 드물었다), 나는 그녀의 노선이 피디라는 사실보다는 김광석과 들국화의 노래를 좋아하고 왕가위 감독의 영화를 좋아한다는 사실이 더 마음에 들었다. 더욱이 그녀는 착하고 예뻤다(어쨌거나 제 눈의 안경이었겠지만).

그녀는 여성노동자회에서 일했고 나는 노동자신문에서 일했다. 우리는 일이 끝나는 저녁때면 종로 피맛골의 단골 빈대떡집 구석 자리에 앉아 녹두전과 계란말이를 안주 삼아 막걸리를 마시며 밤늦도록 이야기했다. 무슨 할 얘기가 그리 많았는지는 모르겠지만, 빈대떡집에 우리 둘만 달랑 남을 때까지 정신없이 이야기를 하던 날도 있었다. 그렇게 이야기를 나누다가 그녀는 아무런 이유 없이 그냥 울기도 했다(몇 번이나 그랬는지는 정확하게 기억나지 않지만, 한두 번보다는 많았던 것 같다). 그런 밤에는 서대문 쪽에 있는 자취방까지 그녀를 바래다주었다. 나중에 만나서 그날 왜 그랬냐고 물으면 그때마다 그녀는 그런 적 없다고 발뺌하면서 씨익 웃고 말았다. 그래서 지금까지 나는 모른다. 그녀가 크고 맑은 눈으로 나를 빤히 쳐다보며 아무 소리 없이 굵은 눈물을 뚝뚝 흘리던 이유를.

우리는 서로 말이 통했고 음식과 술이 통했고 마음이 통했다. 그리고 동거했다. 두 사람 중 누가 먼저 동거를 제안했는지는 잘 생각나지 않지만, 그것은 외롭고 가난한 청춘들(그녀와 나는 소속 운동 단체에서 차비나 점심값 정도의 월급(?)을 받고 살았다)의 자연스러운 귀착점 같은 것이었다. 둘이서 며칠간의 발품을 팔아 간신히 구한, 홍제동 인왕시장 근처의 사글셋방조차도 우리에게는 값비싼(월세 5만 원은 한 사람의 월급(!)에 육박하는 금액이었다) 보금자리였다. 물론 결혼식은 치르지 않고 한참 후에 혼인신고는 했다.

우리의 동거 생활에는 둘만의 서약 같은 것이 있었다. 사글셋방을 구한 날 저녁 단골 빈대떡집에서 자축의 막걸리를 나누면서 나는 술기운을 빌려 슬그머니 말을 꺼냈던 것 같다. 첫째, 자식을 갖지 말자. 둘째, 집을 갖지 말자. 셋째, 집안의 사위와 며느리로 서로를 얽매지 말자. 넷

째, 무덤을 갖지 말자. 그녀는 옆자리에 앉은 나를 물끄러미 쳐다보며 한참을 말하지 않았다. 그러다가 희미한 웃음을 입가에 머금으며 고개를 살짝 끄덕였다. 그때 내 눈에 들어온 것은 그녀의 끄덕이는 고갯짓 뿐이었는데, 당시 그 고갯짓에 묻혀버렸던 그녀의 흔들리던 눈빛과 무거운 침묵을 내가 곰곰이 되새겨본 것은 그로부터 몇 년이 지난 뒤였다.

그런 사글셋방 생활조차 유지하기 어려웠던 우리는 나중에는 친구나 선배의 집들을 전전했다. 결과적으로 둘만의 서약을 굳건히(?) 지켜나 갔던 셈이었지만, 그녀는 그런 상황을 조금씩 힘들어했다. 나는 모른 척했다. 아니 엄밀하게 말하면, 힘을 덜어줄 뾰족한 방법이 없었기 때문에 알은척하는 게 내심 두려웠다. 개봉동 다세대 주택 2층의 선배 전셋집에서 더부살이하던 때였다. 갓난아이가 딸린 선배 부부는 안방을 썼고 우리는 작은방을 썼는데, 한집 식구이기도 하고 아니기도 한 네 사람이 좁은 부엌에서 함께 밥을 해 먹으며 북적대며 살았다. 어느 날 초저녁쯤, 그녀가 나를 문밖으로 조용히 불러냈다. 그녀의 목소리는 평소와 많이 달랐다. 그녀는 앞장서서 계단을 통해 옥상으로 올라갔고 나는 긴장하며 가만히 그녀를 뒤따랐다. 옥상에는 저녁 바람이 머리카락을 조금 흩날리게 할 만큼 불고 있었고 빨랫줄에는 어느 집 빨래인지 아직 걷히지 않은 속옷과 수건들이 바람에 흔들리고 있었다. 그녀는 빨랫줄 앞에 팔짱을 끼고 선 채 나를 바라보며 나직하고 단도직입적으로, 형 언제까지 이렇게 살 거야? 라고 말했다. 나는 어리둥절한 표정으로 그녀를 바라보았다. 그녀의 얼굴은 아무 표정이 없었고 조금 창백했다. 나는 대꾸할 말을 찾지 못했다. 아니, 할 말이 없었다. 나는 그녀의 시선을 피해 어스름한 저녁 하늘을 쳐다보았다. 얼핏 초승달이 보였다. 그녀는 달아나는 내 시선을 붙잡으려는 듯 나를 뚫어지게 쳐다보며 조금 큰 소리로, 난 일산으로 갈 거야, 라고 말했다. 그녀의 입에서 나온 '일산'이라는 단어는 내가 금방 납득하기에는 너무나 낯선 것이었다. 나는 조금 당황하고 의아한 표정으로 그녀를 쳐다보았다. 그녀는 오랫동안 생각해온 말들을 작심하고 뱉어내듯, 몇몇 친구들이 글쓰기 학원을 같이 해보재, 일산에서. 나 이제 돈 벌 거야, 형이 어떻게 생각하든 상관없어, 라고 말했다. 나는 멍한 상태에서, 일산? 하고 신음처럼 짧게 내뱉었는데, 그녀는 나의 반응과는 무관하게 차분한 목소리로, 다음 주에 떠날 거야, 라고 준비한 말을 끝맺었다.

나는 남고 그녀는 떠난 후, 우리는 어쩔 수 없이 주말부부가 되었다. 일주일에 한 번, 월요일 밤에 나는 일산의 학원으로 그녀를 만나러 갔다. 사무실 집기들이 풍기는 딱딱하고 차가운 분위기 때문이었는지, 아니면 둘 사이에 가로놓인 서먹서먹함 때문이었는지, 서로 말은 별로 없었다. 학원 일이 어떠냐는 나의 질문과 노동자신문 일은 어떠냐는 그녀의 질문, 그리고 그저 그렇다는 둘의 똑같은 대답. 뒤돌아서 생각하면 아무것도 가슴에 남지 않는 짧고 건조한 대화였다. 그녀는 사무실 한쪽 구석에 있는 간이침대에서 잤고 나는 사무실 한가운데에 있는 긴 소파에서 잤다. 섹스는 없었다. 다음 날 새벽이 밝아오면 나는 일찍 학원을 나왔다. 매주 꼬박꼬박 그렇게 돌아오고 그렇게 지나가는 월요일 밤이 점점 부담스럽고 싫었다. 내가 가지 않는 날 그녀는 나에게 오지 않았다.

그녀와 나는 서로에게서 한발 한발 멀어져갔다. 마치 발목을 찰랑거리던 물결이 어느새 멀리 물러난 썰물이 되는 것처럼. 우리는 월말부부가 되었고 연말부부가 되었다. 한 사람이 등을 돌리면 다른 한 사람이 그 등을 무심히 바라보기만 하면서. 하루하루 가벼워져만 갔던 나날들. 그래서 오히려 가슴 시린 걸까?

시간이 지날수록 나의 증세는 조금씩 더 악화되었다. 두통의 강도는 심해져서 진통제의 효과는 거의 없었고 구토는 한 시간에 한 번꼴로 늘어났으며 누운 자리에서 머리를 들면 곧바로 현기증이 엄습했다. 간호사는 증세가 더 악화되기 전에 보호자에게 빨리 연락하라고 매시간 채근했고, 그 말끝에는 보호자에게 연락이 닿지 않으면 병원에서도 더 이상 책임지기 어렵다는 최후통첩을 덧달았다.

나는 침대에 누운 채로 스마트폰을 손에 들고 전화번호를 검색했다. 가나다순으로 정렬된 이름들이 눈앞에 오르내렸다. 그 이름들을 하나하나 입으로 되뇌며 처음부터 끝까지 살펴본 후 나는 스마트폰 화면을 닫았다. 나에게는 아무도 없다는 사실을 새삼스럽게 확인할 뿐이라는 생각이 들었다. 나는 한 손을 머리 뒤에 괴고 천장을 멍하니 한참 쳐다보다가 다시 스마트폰 화면을 열고 전화번호를 검색했다. 폰 화면에 '김진화'라는 이름과 전화번호가 나왔다. 나는 몇 번 그 이름을 중얼거리다가 고개를 흔들었다.

한참을 망설인 후, 나는 전화번호를 터치했다. 첫번째 신호음이 뚜— 하고 울렸다. 두 번, 세 번, 네 번, 다섯 번. 나는 신호음들을 속으로 하나하나 헤아렸다. 그 시간이 아주 길게 느껴졌다. 여섯번째 신호음이 울렸을 때 나는 그녀에게 전화한 것을 후회하며 전화를 끊을까 잠깐 망설였는데, 순간 그녀의 목소리가 들려왔다. 웬일이야?

그녀가 병원에 온 것은 이틀 후였다. 병세가 조금은 안정이 되고 차도가 보이기 시작하던 때였다. 두통은 여전했지만 구토는 다행히 멈추었고 현기증은 조금씩 가라앉고 있었다. 저녁 어스름이 병실의 창가로 조금씩 스미던 무렵, 그녀는 내 병상 옆에 섰고 나는 침대를 올려 등을 기대고 앉았다. 이렇게 얼굴을 마주한 것이 5년 만인가 6년 만인가, 하는 생각을 하며 그녀의 얼굴에서 지나간 세월을 읽고 있는데, 그녀가 나를 쳐다보며 말했다.

"좀 어때?"

그녀의 목소리는 담담했다. 세월의 간극을 느낄 수 없을 정도로.

"많이 좋아졌어. 미안해."

내 목소리는 끝이 조금 갈라졌다. 하루 종일 누워 있어서 그랬는지 모른다.

"빨리 연락하지 그랬어. 간호사가 나보고 왜 이리 늦었냐고 그러대."

"미안해."

끝이 갈라진 내 목소리는 깨끗해지지 않았다.

"자꾸 그러지 마. 아직 이 정도는 감당할 수 있어."

그녀의 말끝이 조금 흔들렸다.

"얼굴이 많이 핼쑥해졌네."

그녀는 한 손을 들어 자기 얼굴을 매만지며 말했다.

"너무 오랜만에 봐서 그럴 거야."

"6년 만인가? 이렇게 얼굴을 마주한 게."

"……"

그녀의 침묵은 조금 길었다. 내가 다시 말했다.

"하는 일은 어때?"

무슨 일을 하고 있느냐고 근황을 묻고 싶었지만 내 입에서 나온 말은
마음과 달랐다.

"그저 그래."

그녀의 대답 또한 겉돌았다. 그녀는 화제를 돌렸다.

"꽤 오래 입원해 있어야 한다며?"

"곧 회복될 거야."

"나 바로 서울 올라가봐야 돼. 저녁 늦게 일이 있어서……"

"미안해, 진화야."

"아니야, 형. 몸조리 잘해."

그녀는 내 눈을 잠깐 마주친 후 등을 돌려 병실을 나갔고 나는 그녀의 등을 물끄러미 바라보았다. 그 등이 낯설었다. 우리 두 사람이 무심코 흘려보낸 어떤 시간들처럼.

법대로 해

개활지로 벌어진 마을 입구에서 15분쯤 걸어 올라가면, 지석골이라 불리는 야트막하지만 꽤 긴 골짜기로 들어서는 길목이 나온다. 거기 붉은 벽돌집에 나이 팔십에 다가선 황 노인이 두번째 부인과 단둘이 산다. 황 노인은 집을 빙 둘러싸고 있는 열다섯 마지기의 논과 6백여 평의 밭에 농사를 짓고, 소를 다섯 마리 기른다. 그 나이에 감당하기엔 만만치 않은 농사 규모지만 혼자서 거뜬히 해낸다.

지석골 안의 다랑논에서 농사짓는 사람들은 어쩔 수 없이 그의 집을 지나쳐야 한다. 그 길이 자동차가 다니는 콘크리트 길로 포장되기 전, 그러니까 경운기 한 대가 겨우 지날 정도의 좁은 흙길이었을 때 황 노인은 걸핏하면 길을 지나는 사람들을 막고 나섰다. 자기 땅의 일부를 떼어내 길로 내주었는데 지나는 사람들 때문에 도통 시끄럽고 번잡스러워서 살 수가 없다는 게 이유였다. 그래서 엔진 소리가 시끄러운 경운기는 어쩔 수 없이 멀리 산길로 에둘러 가야 했고 사람들은 황 노인의 집 앞을 조심조심 조용히 오가야 했다. 지금 콘크리트로 포장된 길도 땅주인인 황 노인의 고집으로 차 한 대가 겨우 지나갈 정도로 아주 좁다. 물론 마을길을 내는 데 자기 땅을 넉넉히 내놓는 땅주인이야 드물지만, 황 노인이 내놓은 땅은 그 최소한의 최소한이었다. 그러면서 황 노인은 자기 집 마당을 콘크리트로 포장해줄 것과 집 둘레에 담벼락을 쌓아줄 것을 마을에 요구했다. 지석골 다랑논을 오가야 하는 마을 사람들 입장에서는 황 노인의 무리한 요구를 거부할 수 없었다. 공사 당시, 좁은 길로 레미콘 차가 들어올 수 없어서 마을 사람들이 직접 경운기와 트랙터에 레미콘을 실어 날라야 했다. 자기 집 앞의 공사였건만 황 노인(물론 당시는 노인이 아니었겠지만)은 삽질 한 번 하지 않고 뒷짐만 진 채 감 놔라 배 놔라 하며 시시콜콜히 공사 감독을 했고 마을 사람들에게는 물 한 잔 내놓지 않았다.

지금 그 길에는 콘크리트 과속방지턱이 10여 미터 간격으로 두 개가 있다. 포장 공사가 끝난 후 황 노인이 직접 만든 것이다. 그런데 턱이 지나치게 높아서, 과속을 방지하려는 게 아니라 아예 차들의 진입을 못하게 하려는 황 노인의 고약한 심보를 노골적으로 드러내는 듯했다. 턱을 넘는 차들은 별안간 크게 한 번씩 출렁이기 마련인데, 그때마다 차에 탄 사람들은 반사적으로 황 노인을 향해 욕을 쏟아내곤 했다. 하지만 그런 욕들은 황 노인이 없는 곳에서 내뱉어보는 데 그칠 뿐이다. 지석골의 다랑논에 물을 대려면 근처에서 하나밖에 없는 황 노인 집 앞 지하수 관정에서 물을 끌어와야 한다. 그 관정은 20여 년 전 농업용수 대책으로 군청에서 파준 것이라 하는데, 어찌 된 일인지 황 노인이 주인처럼 관리하고 있다. 그 지하수를 이용하는 사람들은 황 노인에게 일 년에 한 차례 전기료를 내며 고맙다고 머리를 숙인다.

황 노인은 연말의 마을 총회, 여름 복날의 마을 잔치, 마을 사람들의 결혼식과 장례식 등 일체의 마을 모임에 참석하지 않는다. 또 친인척의 제사나 결혼식과 장례식에도 참석하지 않는다(예외가 있다면 그의 큰 집에서 지내는 자신의 아버지 어머니 제사뿐인데 그때도 그는 잠깐 얼굴만 비칠 뿐이다). 그 모든 일에 들어가는 시간과 돈이 아깝다는 게 이유였다. 당연히 그는 불가피한 일(예를 들어, 마을에서 감자 종자나 비료 혹은 논밭직불금을 일괄해서 신청할 때 그는 마을 회관에 버젓이 나타난다)이 아니라면 마을 사람들과 거의 내왕하지 않는다. 황 노인은 두번째 부인하고 단둘이서 모든 논밭 농사를 다 짓는데, 아직까지도 경운기와 이앙기를 손수 부릴 정도로 근력이 있다. 추수 때 콤바인을 부르는 것을 빼면 다른 사람의 농기계를 불러서 그 비용을 대가며 농사를 지은 적이 한 번도 없었다. 언젠가 여름철 폭우에 그의 논둑이 무너졌을 때 그는 며칠 동안 손수 삽질을 해서 복구했다. 보통 사람 같으면 포크레인을 불렀을 일이다. 황 노인을 사람 취급하지 않는 마을 사람들도 그의 지독한 성실함과 나이를 잊은 강건함, 그리고 마을에서 첫째가는 농사 실력만은 인정한다.

황 노인이 두번째 부인을 들이면서부터는 두 아들과 두 딸까지 황 노인을 멀리한다. 황 노인은 10년 전 부인의 장례를 치른 후 석 달 만에 새장가를 들었다. 아니 좀더 정확하게 말하면, 어느 날 밤 한 여자를 집으로 데리고 들어왔다. 마을에서는 그 여자가 읍내 수정다방에서 일하던 여자이고 나이는 오십 전후이며 황 노인의 재산을 보고 들어왔다는 소문이 돌았다. 자식들은 그 여자를 새엄마로 모시지 않았다. 아니, 아예 사람으로 거들떠보지도 않았고 황 노인은 자식들의 집안 출입을 금했다(오히려 자식들이 먼저 황 노인의 집을 찾지 않은 것인지도 몰랐다). 그 이후부터 황 노인은 서울의 큰아들이 모시는 죽은 아내 제사에 참석하지 않는다.

황 노인의 아랫집(황 노인 집하고는 거의 30미터쯤 떨어져 있다)에 사는 영식은 3년 전 아내와 초등학생인 두 아들과 함께 지석골에 귀농했다. 부부는 서울에서 태어나 자랐다. 귀농하기 전에 영식은 법무사 사무실에서 일했고 아내는 초등학생 대상의 학습지 방문교사 일을 했다. 당연하게도 두 사람은 농사를 지어본 적이 한 번도 없었다. 기껏해야 영식이 서울의 생태귀농학교(평일 저녁에는 유기농 이론과 생태주의 철학 강의가, 주말에는 농사 실습과 귀농 예정지 탐방이 이루어지는 1년 과정의 시민학교)를 다니며 해본 간단한 농사 실습이 경험의 전부였다. 영식이 생태귀농학교를 다닐 때부터 아내는 귀농을 반대했지만 영식은 고집을 꺾지 않았다. 틀에 꽉 짜인 직장 생활과 삭막한 도시 생활에 지친 중년의 남자에게 귀농이란, 어쩌면 앞으로의 인생에서 다시는 올 수 없는 자기 변신의 마지막 기회로 다가오는 것인지도 몰랐다. 그래서 귀농을 꿈꾸는 이들은 새로운 열정과 짜릿한 해방감에 몸과 마음이 들뜨는 것인지도 몰랐다. 하지만 아내는 그런 영식을 이해할 수 없었다. 커가는 아이들을 생각하면 하루빨리 기반을 잡고 안정을 이루어야지 다른 데로 눈을 돌릴 때가 아니었다. 아내가 영식에게, 당신은 두 아이의 아버지야, 기분 내키는 대로 살 순 없어, 라고 하자 영식은 말했다. 나도 고민 많이 했어, 귀농이 어렵다는 거 잘 알아, 그렇다고 절대 불가능한 일도 아니야, 둘이서 같이 노력하면 할 수 있을 거야, 우린 아직 젊잖아? 새로 시작해보자고.

영식 부부가 이사 들어온 집에는 세 마지기 논과 3백 평 밭이 딸려 있었는데, 그게 두 사람이 일궈서 먹고살아야 할 땅의 전부였다. 다른 생계수단은 없었다. 하지만 거기서 나오는 농사 소득만으로는 네 식구의 생계를 도저히 감당할 수 없었고, 아내는 예전에 저축해두었던 돈을 조금씩 헐어서 매달 매달을 넘겼다. 농사일에 단련되지 않은 두 사람의 몸은 힘겨운 노동에 여기저기가 삐걱거리고 허물어졌는데, 특히 아내는 끝없이 이어지는 밭일과 집안일에 손목과 손가락 관절이 성하지 않았고(왼손 검지의 두번째 마디는 기역자로 구부러져서 곧게 펴지지 않았다) 욱신욱신한 통증에 거의 매일 밤잠을 설쳤다. 더군다나 주변에 변변한 말벗 하나 없는 환경(마을 주민의 대다수는 할아버지와 할머니들이다)에 심신이 지친 아내는 올해 들어 시골 생활을 더욱 힘들어했다. 어느 날인가 아내는, 읍내에 나가서 학습지 일을 해서라도 돈을 벌어야겠어, 더 이상 돈을 까먹을 수는 없어, 라고 했지만 영식은, 조금만 더 참아보자고, 그러면 땅도 더 생기고 농사 소득도 좀더 늘어날 거고 웬만큼 자립할 수 있을 거야, 안 그러면 우리가 시골에서 살 이유가 없는 거야, 라며 아내를 말렸다.

생태적이고 자립적인 소농으로 거듭나는 것. 그것은 영식이 생태귀농학교에서 배운 새로운 가치였고 그의 귀농 목표였다. 하지만 그 가치를 시골에서 실현할 구체적 기반이나 방도를 영식은 전혀 갖고 있지 않았다. 그런 영식의 꿈이 아내의 눈에는, 농사를 지어 부자가 되겠다는 바람만큼이나 비현실적이고 헛되어 보였다.

영식이 짓는 논밭은 대부분 황 노인의 논밭과 붙어 있다. 영식과 황 노인은 좋든 싫든 매일 여러 번 마주칠 수밖에 없었다. 영식은 그때마다 깍듯이 인사했지만, 황 노인은 아무 대꾸 없이 영식을 빤히 쳐다보기만 했다. 황 노인은 무표정한 얼굴로 상대를 쏘아보았는데 가늘게 찢어진 눈에 꽉 다문 입술은 강퍅하기 이를 데 없었다. 좁은 이마, 야윈 볼, 각진 턱에 작은 체구였지만 몸매는 노인답지 않게 다부졌다. 한마디로 독기가 흐르는 차가운 인상이었다. 생태귀농학교 선배들이 귀농 초기에 마을에 적응하고 살아가는 데는 좋은 이웃을 만나는 게 무엇보다 중요하다고 누차 강조했는데, 영식이 만난 이웃이 어떤 이웃인지는 귀농 첫해에 분명히 드러났다.

어느 날 황 노인이 논둑에 제초제를 치고 있었다. 그 논둑은 영식의 논과 경계를 이루는 곳이니 영식의 논둑이기도 했다. 영식은 밭에서 김을 매다 말고 논으로 달려갔다.

"아저씨, 여기다 제초제를 치면 어떡합니까?"

입에는 허연 마스크를 하고 분무기를 어깨에 짊어진 황 노인은 영식을 쳐다보지도 않고 아무 말 없이 계속 논둑에 제초제를 쳤다. 제초제의 독한 기운이 영식의 코를 자극했다.

"아저씨, 제 말 좀 들어보세요."

영식이 황 노인의 팔을 붙들자 그제야 황 노인은 영식을 빤히 쳐다보았다. 잠시 후 마스크를 벗으며 황 노인이 말했다.

"이 사람이 왜 이래? 내 둑에 내가 제초제를 치는데……"

"여기다 제초제를 치면 전 유기농 인증을 받을 수가 없어요."

"유기농 인증?"

"농약을 쓰지 않았다는 유기농 인증을 받아야 생협에 쌀을 팔 수 있거든요."

"그게 나하고 무슨 상관이야?"

"제가 논둑 풀을 다 깎겠습니다. 그러면 제초제를 안 쳐도 되잖습니까?"

"제초제 한 번이면 끝나는 일이야. 난 자네 같은 농사는 안 지어."

"열 번이고 스무 번이고 풀을 깎는다니까요."

"그래? 그럼 자넨 풀을 깎아. 맘껏 깎으라고."

황 노인은 기어이 논둑에 제초제를 쳤고(그것도 두 번씩이나) 결국 영식은 그해 가을 논에서 수확한 쌀을 생협에 팔지 못했다.

올봄 가뭄은 극심했다. 지석골에는 4월 말부터 6월 초까지 비 한 방울 떨어지지 않았다. 덩달아 관정에서 나오는 지하수의 양도 예년에 비해서 확 줄었다. 마을 사람들은 평생 이런 가뭄은 처음이라고들 했다. 황 노인 집 앞의 지하수 관정에는 지석골 논 일곱 다랑이가 물을 대려고 줄을 섰는데, 영식의 논도 그중 하나였다. 영식은 논에 물을 대는 순서가 어떤 기준으로 어떻게 정해지는지 도대체 알 수 없었다. 하지만 황 노인의 논이 첫번째고 나머지 논들이 그다음 차례라는 것만은 분명히 알 수 있었다. 영식은 자신의 논이 마지막 차례일 거라고 눈치껏 짐작하고 순서가 돌아오기를 눈이 빠지게 기다렸다. 영식은 시간이 날 때마다, 아니 거의 매시간마다 자기 집 앞에 나와 서서 까치발을 한 채 목을 길게 빼고 황 노인의 집 앞에 있는 관정을 쳐다보며 끼어들 틈을 기다렸다. 황 노인의 논을 비롯한 다른 여섯 다랑논들이 물을 다 받고 써레질을 끝내도록 영식의 논은 물 한 번 대지 못했고, 또 그 논들이 모내기를 다 끝내고 다시 돌아가면서 논에 물을 대고 있을 때에도 그의 논은 물 한 방울 받지 못했다. 영식은 황 노인과 다른 여섯 다랑논 주인들을 일일이 찾아가서 자기 논에도 물을 좀 대자고 하소연했지만, 그 사람들은 논에 심어놓은 모가 타 죽을 지경이라고, 모내기는 조금 늦게 해도 되니 조금만 더 기다리라는 말만 했다. 하지만 그렇게 기다리는 시간만큼 못자리에 있는 영식의 모는 하루하루 늙어갈 터였다. 모내기에도 적절한 때가 있음을 영식도 잘 알았다. 마냥 기다리고 있을 수만은 없었다.

어느 저녁, 해는 서쪽으로 완전히 넘어가고 마을에 어둑어둑한 기운이 점점 짙어갈 무렵, 영식은 황 노인의 집 앞으로 걸어갔다. 지하수 관정에 연결된 펌프가 윙윙 소리를 내며 힘차게 돌아가고 있었다. 펌프에 이어놓은 빨간 합성수지 호스를 통해서 지하수가 꾸르륵 꾸르륵 흘러갔다. 날이 어두워, 물이 어느 논으로 흘러들고 있는지는 확인할 수 없었다. 영식은 펌프에 연결된 호스를 벗겨내고 자기 논으로 향하는 호스를 연결했다. 영식의 손동작은 누구의 눈치도 볼 필요 없다는 듯 거리낌 없고 단호했다. 잠시 후 수압을 버티느라 탱탱해진 호스에서는 꾸르륵 꾸르륵 물이 올라가는 소리가 났다. 영식은 자기 논으로 성큼성큼 올라갔다. 논으로 물이 콸콸 쏟아져 들어왔다. 영식은 호스에서 쏟아지는 물을 두 손에 받아서 입에 넣었다. 속이 시원하고 후련했다. 그야말로 10년 묵은 체증이 확 뚫리는 기분이었다. 집에 돌아온 영식은 정말 오랜만에 웃는 얼굴로 저녁을 먹고 단잠을 잤다. 그런데 다음 날 아침 일찍 논으로 올라간 영식은 속이 다시 꽉 막히고 말았다. 논에는 물이 한 방울도 없었다. 물이 논흙에 스며든 자국만이 조그맣게 남아 있을 뿐이었다. 그 물 자국은 전날 밤 누군가가 펌프에 연결된 영식의 호스를 다시 다른 논의 호스로 바꿔놓았다는 사실을 증거하고 있었다. 영식은 맥이 풀려 논둑에 털썩 주저앉았다. 영식은 메마른 논흙을 한 움큼 쥐었다가 손을 펴서 다시 논바닥으로 흙을 떨어뜨렸다. 가루가 되어 날리는 논흙은 먼지처럼 풀썩였다.

영식은 논에서 내려와 황 노인의 집 앞에 섰다. 관정에서 나오는 물은 황 노인의 논으로 흘러들고 있었고 황 노인은 한 손에 삽을 들고 논둑을 천천히 걷고 있었다. 영식은 황 노인에게 다가가서 분을 삭이며 최대한 정중하게 말했다.

"아저씨, 논에 물 좀 대면 안 되겠습니까?"

황 노인은 들은 척도 하지 않고 계속 논둑을 쳐다보며 딴청을 부렸다.

"이놈의 두더지들 때문에 물을 가둘 수가 있어야지. 이거 봐, 논물이 다 빠졌잖아."

황 노인네 논물은 논둑에 넘칠 정도로 그득했다.

"아저씨, 이러다가는 모내기도 할 수 없겠습니다. 물 좀 돌려주십시오."

황 노인은 영식의 눈을 빤히 쳐다보았다. 흔들림 없는 작고 새카만 눈동자가 마치 독사눈 같았다.

"아니, 누가 물을 대지 말라나? 물을 대, 양심껏."

영식은 '양심'이라는 말을 속으로 여러 번 되뇌며 쓴웃음을 지었다. 잠시 후 영식은 마지못한 듯 공손히 말했다.

"어제는 제가 마음이 급했습니다. 미리 말씀을 드리지 못하고 물을 돌렸습니다. 죄송합니다."

황 노인은 영식의 말이 채 끝나기도 전에 등을 돌리고 다시 논둑을 걸었다. 그러다가 두더지 구멍을 찾았는지 논둑을 발로 치대고 삽으로 논흙을 듬뿍 떠서 거기에 처발랐다. 영식은 황 노인을 뒤쫓으며 그의 넓적한 등에 대고 말했다. 등이 캄캄한 벽처럼 보였다.

"모내기 때를 놓칠까 싶어 그랬습니다. 죄송합니다."

황 노인은 아예 영식을 쳐다보지도 않고 무심하고 차갑게 말했다.

"재주껏 물을 대라고."

지하수 관정은 바로 황 노인의 집 앞에 있다. 그의 허락 없이 물을 돌려놓는다면, 채 10분도 되지 않아 그 물은 다시 황 노인의 논으로 돌아갈 것이다.

"아저씨, 모내기는 해야 하지 않겠습니까? 제발 부탁드립니다."

"배운 사람이 말이야, 양심껏 해야지."

영식은 속이 뒤틀렸지만 할 말이 없었다. 가슴 깊숙한 곳에서 모멸감 같은 것이 치밀어 올랐다. '배운 사람'이라는 말과 '양심'이라는 말이 귓전을 맴돌며 영 떠나지 않았다.

비 한 방울 내리지 않는 날은 이제 6월 10일을 지나고 있었다. 지금 논에 물을 못 대면 모내기는 불가능했다. 영식의 논이 여전히 마른 먼지를 풀썩이고 있었음에도, 관정의 지하수는 황 노인의 마늘밭을 흥건히 적시고 있었다. 영식은 다시 황 노인을 찾았다. 황 노인은 집 앞에 의자를 내놓고 한가로이 앉아 있었다. 황 노인은 다가오는 영식을 보고도 모른 척 태평스러운 표정으로 먼 산을 쳐다보았다. 영식은 황 노인을 뚫어져라 보며 곧장 다가갔다. 영식은 인사도 없이 다짜고짜 말했다.

"아저씨, 물 좀 돌리겠습니다."

황 노인은 귀찮다는 듯 아무 대꾸 없이 영식을 외면했다.

"논물 대기도 어려운 판에 마늘밭에 물을 대는 게 말이 됩니까?"

영식의 목소리는 높았고 조금 떨리기까지 했다. 황 노인은 얼굴을 찡그렸다.

"이봐, 아쉬운 사람이 샘물 파는 거야. 고개 숙이고 빌어도 모자랄 판에…… 이거, 큰소리치는 걸 보니 그래도 자존심은 있나 보네."

황 노인은 '자존심'이라는 말의 말꼬리를 살짝 비틀며 비아냥거렸다. 영식의 얼굴이 벌게지며 잔뜩 일그러졌다.

"관정은 아저씨 게 아니잖아요!"

영식의 목에 핏대가 섰다.

"누가 뭐라나? 법대로 해."

황 노인은 나직이 말을 내뱉더니 팔짱을 끼고 의자에 앉은 채 영식을 쏘아보았다. 가늘게 찢어진 눈 속의 작고 까만 눈동자는 언제나처럼 미세한 흔들림조차 없었다.

"논물 대는 데 따로 무슨 법이 있어요? 차례대로 물을 대는 게 법 아닌가요?"

영식의 목소리는 격앙되어 심하게 흔들리고 주먹 쥔 손은 부들부들 떨렸다.

"여하튼 법대로 하라니까. 법 몰라?"

황 노인은 '법대로'라는 말을 또박또박 되새김질했다.

결국 영식은 논을 묵혔다. 인근에서 그때까지 모내기를 하지 못한 논은 영식의 논밖에 없었다.

비타민 좀 주세요

거푸집에서 콘크리트 흄관을 떼어내는 작업을 하는 도중에 갑자기 쓰러진 그는 공장에서 119구급차에 실려 병원으로 가면서 아버지 생각을 했다.

아버지는 마흔두 살에 죽었다. 논에서 일하다 쓰러졌던 아버지는 병원에 실려간 후 영영 집에 돌아오지 못했다. 당시 스물두 살이던 그는 그때부터 네팔 고향을 떠나 외국에 나가 돈을 벌어 가족을 부양했다. 고향 땅에서 할 수 있는 일은 농사밖에 없었고 그걸로는 가족이 겨우 입에 풀칠하고 살기도 쉽지 않았다. 그런 고향 땅에서 그의 미래를 찾을 수는 없었다. 그와 비슷한 또래의 젊은이들은 일을 찾아 외국으로 나가야만 했다. 그는 한국에 오기 전에 인도네시아, 말레이시아, 싱가포르의 공장에서 3년씩 일했고 가까운 인도는 수시로 오가며 일했다. 그가 외국에서 장기간 일하고 네팔에 돌아와 잠깐 동안 지낼 때마다 아내는 임신을 했고, 그가 다시 외국으로 나가 일하는 동안 아내는 혼자 아이를 낳고 키웠다. 지금 그는 네 아이의 아버지이다.

한국은 벌이가 좋은 나라에 속한다. 그래서 한국에서 일자리를 얻으려는 네팔 젊은이들은 아주 많다. 반면에 한국에 합법적으로 취업할 기회는 제한되어 있다. 한국어능력시험에 합격하는 것은 필수이고 브로커에게 돈까지 써야 한다(당시 그는 한국 돈으로 환산하면 100만 원쯤 썼는데 네팔에서는 예닐곱 달 일해야 벌 수 있는 큰돈이다). 거기다 출입국 담당 관리에게 급행료를 먹여야 할 경우도 있다. 그런다고 모두가 다 기회를 잡는 것도 아니다. 뭐니 뭐니 해도 줄을 잘 서야 한다. 그렇지 않으면 출입국 담당 관리에게 급행료를 먹여도 아무 소용이 없다. 그는 30대 후반으로 나이가 많은 축에 속했지만 운이 좋았다. 조금만 늦었더라면 나이 제한에 걸려 한국행 비행기를 탈 수 없었을 것이다(젊고 튼튼한 노동력을 원하는 건 어느 나라든 마찬가지다. 한국도 예외는 아니다).

아내는 그의 한국행을 반대했다. 또다시 5년의 세월을 홀로 지내는 건 버겁다고 했다. 돈을 더 버는 건 좋지만 그나 자기나 나이가 들어간다고 했다. 이렇게 계속 외국에서 일하다간 그의 몸이 망가질지 모른다고도 했다. 돈은 적게 벌더라도 이제는 가족이 함께 살고 싶다고 했다. 하지만 점점 나이가 들어가는 그에게 한국에서의 취업은 절대 다시 올 수 없는 기회였다. 몸이 망가지는 한이 있더라도 손에 꽉 쥐어야 했다. 한국에서의 1년 벌이는 네팔에서의 8년 벌이와 맞먹을 정도인데 그런 기회를 눈앞에서 날려버리는 건 바보나 할 짓이었다. 한국에서 5년만 일하고 돌아오면 네팔에서 평생 일해도 벌지 못할 목돈을 쥐게 될 거라고 거듭 설득하자 아내는 더 이상 반대하지 못했다.

구급차 침상에 누운 그는 손에 아무 힘이 없는 것처럼 느껴져서 침상 가장자리를 손아귀에 쥐어보았는데 다행히 손에는 힘이 들어가는 것 같았다. 코에는 산소호흡기가 부착되어 있었지만 가슴은 여전히 답답하고 숨도 가빴다. 머리는 무겁고 어지럽고 심장은 두근거리고 온몸은 떨리고 추웠다. 침상 옆의 구급대원은 아무 말 없이 그를 내려다보고 있었고 요란한 구급차 사이렌 소리가 귀를 때렸다. 무슨 말이라도 하고 싶었지만 한국말이 입에서 잘 나오지 않았다. '어디 가는 거예요?'라는 쉬운 한국말도 떠오르지 않았다. '나 괜찮은 거죠?' 하고 구급대원에게 묻고 싶었지만, 무의식적으로 네팔 말만 튀어나왔다. 창성콘크리트에서 일한 지 4년 6개월이 지난 지금 그는 돌아가신 아버지의 나이와 같았다. 마흔두 살이라는 나이가 불현듯 무서워졌다.

지난 20여 일 동안 그는 밤 10시까지 하는 야근과 오전 6시에 시작하는 새벽 특근을 한 번도 빼먹지 않았다. 그렇게 일해야만 2백만 원 정도의 월급을 손에 쥘 수 있었다. 월급에서 자신의 생활비 30만 원을 제하고 나머지를 고향의 아내에게 보내는데, 아내는 그 돈으로 네 아이(그중 둘은 대학생이다)를 키우고 제대로 된 돼지농장을 꾸릴 자금을 모은다. 앞으로 창성콘크리트에서 넉 달만 더 일하면, 그는 '성실근로자 재입국제도'를 통해 창성콘크리트에 재취업할 수 있다. 그렇게 3년쯤 더 버텨내면 마침내 돼지 백 마리를 키우는 농장을 갖게 된다. 그때는 새로운 인생이 시작되는 것이다. 그건 그가 꿈도 꾸지 못했던 인생이다.

동신의료원 응급실에서 간단히 진료를 받은 그는 602호에 입원했고 저혈당 쇼크를 의심한 담당 의사의 지시로 혈액검사와 혈압검사를 받은 후 링거액을 맞았다. 다음 날 아침 담당 의사는 목에 청진기를 두르고 진료차트를 한 손에 든 채 병실에 왔다. 30대 초반의 그녀는 갸름한 얼굴에 코가 지나치게 오뚝했고 눈은 작고 동그랬으며 검고 긴 생머리가 하얀 가운의 어깨선 위에서 찰랑거렸는데, 그를 바라보는 눈빛은 젊은 사람답지 않게 무미건조했다. 그녀는 침대 옆으로 한 걸음 다가서며 링거액 주사를 팔뚝에 꽂은 채 침대에 앉아 있는 그에게 물었다.

"좀 어때요?"

그녀의 목소리는 가늘고 높았다. 그는 고개를 무겁게 가로저으며 천천히 말했다.

"어지러워요. 힘들어요. 손발 힘 없어요."

그녀는 왼손에 들고 있던 진료차트로 눈을 힐끗 돌려 차트를 한번 쓱 훑어보고 나서 빠르게 말했다.

"당뇨 수치가 정상보다 조금 높기는 하지만, 걱정스러운 정도는 아니에요. 빈혈도 없고요. 지금 상태로는 혈압이 조금 높은 거 말고는 아무 이상이 없어요."

그녀의 말 중에서 그가 알아들은 말은 '혈압' '당뇨' '없어요'라는 말뿐이었는데, 그녀는 빠른 템포의 말을 전혀 늦추지 않고 계속해서 말했다.

"하루 정도 링거를 더 맞고 쉬어보세요. 괜찮아질 거예요."

그녀는 대수롭지 않다는 듯 살짝 웃었다.

"나 숨 가빠요. 답답해요."

그의 목소리가 좀 커졌다. 그는 미간을 잔뜩 찌푸리고 몇 번 숨을 크게 들이쉬었다. 그녀는 그제야 얼굴에 남아 있는 웃음기를 싹 지우더니 목에 두른 청진기를 풀어 이어팁을 귀에 꽂고 청진기의 둥근 박막판을 그의 가슴 이곳저곳에 갖다 대며 말했다.

"자, 숨을 천천히 깊게 내쉬어보세요."

잠시 후 그녀는 고개를 갸우뚱하며 말했다.

"심장과 폐에도 아무 이상이 없는 것 같은데요. 심장 검사와 폐 검사를 해볼까요?"

"나 가슴 괜찮아요. 근데 어려워요. 무서운 생각 들어요."

그는 손으로 가슴을 가볍게 두드리며 그녀의 눈을 간절하게 쳐다보았다. 그녀는 다시 살짝 웃으며 빠르게 말했다.

"무서워하지 마세요. 여긴 병원이에요. 무서우면 간호사를 부르세요."

그녀는 그를 향해 고개를 약간 숙이고는 몸을 돌렸다. 그는 병실에서 나가는 그녀를 붙잡고, 죽을 것 같아서 무섭다는 말을, 아버지도 내 나이 때 갑자기 죽었다는 말을 하고 싶었다. 하지만 그가 알고 있는 한국말 중에는 그런 말이 없었다. 갑자기 그의 입에서 네팔 말이 튀어나왔지만 그녀는 뒤를 돌아보지 않고 병실에서 나갔다.

20대의 젊은 나이 때도 그의 몸은 종종 이랬다. 너무 무리하게 일하거나 갑자기 땀을 많이 흘리면 마치 쇼크가 오는 것처럼 몸이 가라앉고 힘을 못 쓰고 어지러웠다. 그러면 한동안 아무 일도 하지 않고 쉬어야 했다. 한번은 외삼촌 집에서 한 달 동안 요양했던 적도 있다. 그때는 매일 소뼈를 고아 먹고 일주일에 한 번씩 병원에 가서 주사를 맞았다. 간호사 손에 들린 주사제 유리 캡슐에는 '뉴로비온'이라는 글자가 빨갛게 찍혀 있었는데, 신통하게도 뉴로비온은 그를 빠르게 회복시켰다. 그는 지금까지도 그 이름을 생생하게 기억한다.

그는 병상에서 밤새 몸을 뒤척이며 비몽사몽 간에 뉴로비온 주사를 맞는 꿈을 꾸다 깨고 다시 그 꿈에 빠져드는 걸 되풀이했다. 몸은 식은 땀으로 흠뻑 젖었고, 떨렸다.

다음 날 아침 회진 때, 담당 의사는 그에게 엷고 메마른 웃음을 지으며 물었다.

"좀 어때요?"

가벼운 대답을 기대하는 가벼운 질문이었다. 그는 밤잠을 설쳐 충혈된 눈으로 그녀의 깨끗한 눈을 쳐다보며 대답했다.

"숨 가빠요. 어지러워요. 머리 무거워요. 걷기 어려워요."

그는 오른손 엄지손가락과 가운뎃손가락을 양쪽 관자놀이에 하나씩 갖다 대고 힘껏 누르면서 얼굴을 찡그렸다. 기대에 어긋난 대답에 그녀는 살짝 눈살을 찌푸리더니 다시 아무 표정 없이 진료차트를 뒤적이며 평소보다 조금 더 높은 목소리로 말했다.

"환자분은 내과적으로 별문제가 없어요. 혈관확장제와 두통약을 처방했으니 머리 아픈 건 조금씩 좋아질 거고요. 그래도 어지럼증이 계속되면 신경정신과에서 MRI 검사를 받아보세요."

"MRI 왜요?"

"어지럽다니까 머리 검사를 하자는 거죠."

'머리'라는 말에 그는 반사적으로 머리를 좌우로 크게 흔들며 말했다.

"나 머리 괜찮아요. MRI 아니에요. 비타민 좀 주세요. 나 비타민 없어 어려워요."

"혈액검사 결과를 보면 환자분은 비타민 결핍이 아니에요."

그는 침대 위에 놓여 있던 스마트폰을 손에 들고 화면을 열어서 구글에 들어가 '뉴로비온'을 검색했다. 검색 결과가 화면에 뜨자마자 스마트폰을 의사에게 넘겼다. 그녀는 작고 동그란 눈을 크게 뜨며 물었다.

"이게 뭐예요?"

"뉴로비온이에요."

그는 오른손 집게손가락으로 왼손 팔뚝에 주사를 놓는 시늉을 했다. 그녀는 그의 스마트폰을 한참 들여다본 후 조금 신경질적으로 말했다.

"뉴로비온 같은 건 우리나라에 없어요. 근데 이건 약이 아니라 복합 비타민제일 뿐이에요. 환자분은 비타민이 부족하지 않아요."

그는 간절한 눈빛으로 그녀를 쳐다보며 말했다.

"나 비타민 필요해요. 비타민 B요. 그러면 몸 좋아요."

그녀는 진료차트를 왼쪽 겨드랑이 밑에 끼고 두 손을 가운 주머니에 찔러 넣은 채 한숨을 쉬다가 빠르게 말했다.

"비타민 B는 음식물로 충분히 섭취할 수 있는 거예요. 한국에 오신 지 꽤 되셨죠? 얼마나 되셨어요?"

그녀는 그를 빤히 바라보았다.

"4년 6개월."

그는 손가락을 꼽아보며 천천히 대답했다.

"한국 음식 잘 드시죠?"

"네."

"그러면 아무 문제 없어요. 부족하지도 않은 비타민을 투여할 순 없어요. 과잉도 결핍만큼 안 좋거든요. 내일 오전까지 차도가 없으면 신경정신과 진료를 받도록 하세요. 숨이 가쁘고 어지러운 건 정신적 스트레스 때문일 수도 있으니까요."

밤이 되도록 그의 증세는 차도가 없었다. 숨이 너무 가쁘고 가슴이 답답해 병상에 누워 있을 수도 없을 지경이었다. 병상 위에 책상다리를 하고 앉아서 숨을 크게 내쉬고 머리를 두드려도 꽉 막힌 가슴과 무거운 머리는 풀리지 않았고 몸은 더욱더 가라앉았다. 병실의 어둠이 짙어 갈수록 오히려 잠이 오지 않았다. 돌아가신 아버지 나이와 그의 나이가 똑같다는 생각이 머릿속을 한참 맴돌다가, 한국에는 뉴로비온이 없다는 생각이 뒤를 이었고, 아는 이 하나 없는 만리타국의 병상에 자기 혼자 있다는 생각이 꼬리를 물었다. 세 가지 생각이 뒤엉킨 채 선잠이 들다가 깨다가를 반복하다가 밤 11시쯤(그 시간 네팔은 저녁 8시쯤이다) 네팔의 아내에게 전화를 했다. 국제전화카드로 충전한 금액이 얼마 남지 않아 통화는 짧았다. 병원에 입원했다는 그의 말을 들은 아내가 말했다.

"당장 네팔로 돌아오세요. 지금까지 번 돈으로도 우리는 충분해요."

"넉 달만 참으면 다시 4년 10개월을 한국에서 일할 수 있어."

"농장에 돼지가 50마리를 넘었어요. 꼭 백 마리를 채울 필요는 없잖아요."

"아니야. 백 마리가 될 때까지는 일할 거야. 안 그러면 아이들도 우리처럼 살아야 돼."

"그러다간 당신 몸이 먼저 탈이 날 거예요."

"내 몸은 내가 잘 알아. 좀 쉬면 좋아질 거야."

"거기는 네팔이 아니에요."

"걱정하지 마."

"……"

말없이 울먹이는 아내의 소리가 스마트폰에서 희미하게 들리는 것 같았다. 그는 전화를 끊었다.

다음 날 아침 회진 때, 담당 의사는 그에게 전날과 똑같이 가벼운 말투로 물었다.

"좀 어때요?"

그는 또다시 밤잠을 설쳐 충혈된 눈으로 그녀의 깨끗한 눈을 쳐다보며 전날과 똑같이 말했다.

"숨 가빠요. 어지러워요. 머리 무거워요. 무서운 생각 들어요."

그의 반복되는 답을 예상이라도 한 듯, 그녀는 담담하고 무표정한 얼굴로 그를 쳐다보며 가만히 고개를 끄덕이다가 사무적이고 딱딱한 목소리로 말했다.

"오늘부터 환자분은 신경정신과에서 진료할 거예요. MRI 검사도 거기서 할 거고요."

"선생님, 나 머리 괜찮아요. 비타민 좀 주세요. 나 비타민 B 없어 어려워요."

그는 자신이 아는 몇 안 되는 한국말 중에서 최대한의 것들을 뽑아내 나열했지만 전날 했던 말들과 달라진 건 아무것도 없었다.

"신경정신과 선생님께 말하세요."

그녀는 간단하고 가볍게 말을 끝맺은 뒤 몸을 돌렸다.

"선생님, 비타민 좀 주세요."

그녀는 허연 등을 보이며 그대로 병실에서 나갔다.

망치 혹은 손

최 목수는 연장 창고 앞에 서서 입구 왼쪽 벽면에 걸려 있는 망치를 뚫어져라 쳐다본다. 망치가 두려웠다. 어젯밤 악몽 속에서 망치는 못 질을 하는 대신에 최 목수 자신의 손을 찧고 있었다. 퍽 퍽 퍽 망치질이 이어질 때마다 손에서 피가 튀었다.

망치는 30년 이상 최 목수의 손때가 묻은 것이다. 세련되고 날렵한 망치가 아니라 투박하고 묵직한 망치다. 오랜 세월 그를 부린 사람의 성품이 그대로 배인 것 같다. 망치는 20대 중반에 같은 마을의 강 목수 를 따라다니며 집 짓는 일을 배우기 시작하면서부터 그가 손에 들고 다 니던 것이다. 건축 현장에서 망치질은 아무나 하는 것이 아니었다. 그가 망치질을 시작하기까지는 상당한 시간(아마도 4, 5년 정도)이 걸렸다. 또 그만큼의 시간이 더 걸려 허리춤에 못 주머니와 망치를 두를 수 있었고 강 목수와 보조를 맞추어 망치질을 할 수 있었다. 마침내 어엿한 목수 대접(마을에는 창고나 축사를 지을 정도의 실력으로 집 짓는 목수를 자처하는 사람들이 있기 마련인데, 이들은 개살구나 개떡에 빗대어 개목수라고 불렸다. 하지만 그를 그렇게 폄하하는 사람은 아무도 없었다)을 받게 된 이후에도 망치는 늘 그의 손에 잡혀 있거나 그의 허리춤에 걸려 있었다. 건축 현장에서 함께 일하는 어느 누구도 그의 망치를 함부로 건드리지 못했다. 누군가 실수로 망치를 건드린 날이면 최 목수는 망치를 손에서 놓고 일을 중단했다. 부정을 탄다는 것이었다.

최 목수의 망치질은 한 치의 어긋남 없이 정확했고 피아노 건반을 때리듯 경쾌했다. 망치질 소리는 허점 하나 없이 견고했다. 최 목수에게 공사를 의뢰한 집주인들은 그의 망치질 소리와 리듬을 한번 접하면 절로 고개를 끄덕이며 엄지손가락을 치켜세웠다. 그의 망치질은 사람이 망치를 부리기보다는 마치 망치가 사람을 부리는 듯한 착각을 불러일으킬 정도였다. 망치는 최 목수보다 한발 앞서가는 그의 또 다른 손이었다.

그동안 최 목수가 지은 집은 스무 채가 넘었다. 집을 하나하나 지어갈수록 최 목수의 평판은 점점 더 높이 올라갔다. 흙벽돌이 한단 한단 쌓여가듯 그의 명성은 단단히 쌓여갔다. 이제 그의 공사 범위는 마을 안팎을 넘나들었고 심지어 읍내에까지 이르렀다. 작년에 그가 새로 지은 마을 회관은 여느 마을 회관(지붕 없는 평평한 옥상과 국기와 새마을기 게양대를 갖춘 네모반듯한 단층 건물)과 판이했다. 그것은 지붕에 기와를 올린 한옥 형태의 2층 건물이었는데, 1층은 넓은 거실과 주방, 화장실을 갖추어 마을 사람들의 모임 장소로 쓰였고 2층은 방 2개와 주방, 화장실을 갖추어 마을을 방문하는 사람들의 숙소로 활용되었다. 마을 회관을 정면으로 바라본 사람들은 지붕 선과 처마 선이 만들어내는 유려함과 간결함에 감탄했다. 그가 지은 마을 회관은 아름다운 외관과 다목적 실용성을 높이 평가받아 홍성군의 모범 마을 회관으로 지정되었다.

올해 들어 언제부터인가, 망치가 아주 가끔 못대가리를 정확하게 내려치지 못하고 살짝살짝 빗나갔다. 빗겨 맞은 못을 빼내 다시 박아야 했지만 그는 그대로 쾅 쾅 쾅 망치질을 했다. 등에는 식은땀이 흘렀고 얼굴은 벌겋게 달아올랐다. 마치 빗나간 대못이 자기 가슴에 깊숙이 박히듯 씁쓸한 배신감 혹은 뼈아픈 당혹감 같은 것이 둔중하게 뒤따랐다. 그때마다 망치를 든 손을, 혹은 손에 든 망치를 뚫어져라 쳐다보곤 했지만 어느 쪽을 탓해야 할지 몰랐다. 날이 갈수록 망치와 손은 자꾸 어긋났다.

아직 육십도 되지 않았는데……

일종의 주문이나 염불처럼 낮게 중얼거리는 그의 혼잣말에는 절망과 희망이 복잡하게 뒤섞였는데, 그 감정의 기울기가 어느 쪽으로 쏠리든 그는 아직 자신에게 남아 있으리라 생각되는 시간에 기댔다. 그 외에는 다른 방도가 없었다. 하지만 인생 그 어디에도 여분의 시간은 없는 법이다. 멀리서 어렴풋이 보이던 절망의 파도가 어느덧 바로 눈앞으로 몰려와 빛바랜 희망을 집어삼키는 것은 한순간이지 않던가.

"최 목수, 창틀이 뒤틀렸는지 창문이 안 열려."
얼마 전 완공한 한옥 형태의 흙벽돌집 주인의 전화였다.
"방에 낸 창문도 그렇고 거실에 낸 통창도 마찬가지야."
이어지는 집주인의 말에 최 목수는 사태가 심상치 않음을 직감했다. 뒤틀림은 단순히 창틀만의 문제가 아니었다. 전체적인 구조의 어긋남을 반영하는 심각한 하자였다. 지붕에 무거운 동(銅)기와를 올리는 집이라 최 목수는 지붕의 하중을 어느 때보다도 더 정확하게 계산하려 했었다. 그 계산에 따라 기둥과 보, 도리와 서까래에 쓰일 목재를 어느 때보다도 더 엄밀하게 선택하려 했었다. 그런데 어디서 어긋났을까? 도저히 짐작조차 할 수 없었다. 수십 년 동안 현장에서 단련되어온 동물적 육감 같은 그의 감각이 그런 어긋남을 용납할 리 없었다. 하지만 사태는 그의 감각이 이미 무뎌졌음을 드러냈다. 아마도 아주 가끔 헛방을 때렸던 망치질이 바로 그 암울한 징조였는지 모른다.

그 사건 이후, 최 목수가 지은 집에 큰 하자가 생겼다는 소문이 빠르게 마을을 돌았다. 마을을 넘친 소문은 이웃 마을로 번졌다. 사람들의 입을 돌고 돌아 최 목수의 귀에 들어온 소문은, 그가 지은 집이 주저앉았다는 식으로 부풀려져 있었다. 이제 그에게 집 짓는 일을 맡기는 사람은 마을 안에서뿐만 아니라 인근에서도 없었다. 집수리 같은 작은 일마저도 그에게는 차례가 오지 않았다.

결국 최 목수는 망치를 손에서 놓았다. 그리고 스스로를 집 안에 가두었다. 그는 집 밖으로 한 발자국도 나가지 않았고 핸드폰 전원을 껐고 아무와도 만나지 않았다. 그의 안부를 걱정하는 친한 친구가 집을 찾아와도 아내를 통해서 만남을 거절했다. 그가 얼굴을 마주하는 사람은 아내와 딸뿐이었다. 그는 가족과도 거의 대화를 하지 않았다. 입에서 나오는 말은 생활에 필요한, 아니 생존에 필요한 지극히 단순한 몇 마디 말이 전부였다. 피우던 담배가 떨어지면 아내에게, 담배 좀, 이라고 말하고 마시던 물이 없으면 아내에게 빈 물병을 건네며, 물 좀, 이라고 말하고 아내가 그에게 몇 마디 말을 던지면 고개를 끄덕이거나 젓거나 하는 식이었다. 다행인지 불행인지 술은 마시지 않았다. 그는 하루 종일 좁은 방 안에 웅크리고 앉아 줄담배를 뻐끔뻐끔 태우며 초점 잃은 눈빛으로 망치를 놓은 자신의 빈손을 응시할 뿐이었다.

그는 가끔 강 목수를 생각했다. 그에게 망치 잡는 법을 처음 가르쳐 주었던 사람. 육십 줄에 들어선 나이에 건축 현장에서 밀려난 뒤 제초

제를 삼키고 세상을 떠난 사람. 결국 그에게 마지막으로 망치 놓는 법
은 가르쳐주지 않았던 사람. 강 목수의 쓸쓸한 장례식장에서, 목수는
말이야 대들보를 올리다 거기에 깔려 죽으면 죽었지, 이게 뭐야 쩨쩨하
게, 라고 소리 질렀던 자신이 이제야 정말 눈물 나도록 부끄러웠다. 아
내가 농약이란 농약은 죄다 버렸는지, 아니면 집 안 어디에다 깊숙이
감추었는지, 창고에는 농약병 하나 남아 있지 않았다.

　읍내 어린이집에서 교사로 일하는 딸만이 아주 가끔 그와 말을 섞을
수 있었다. 그건 그가 딸아이를 어릴 때부터 건축 현장에 자주 데리고
다녔기 때문인지도 몰랐다. 딸아이는 그의 일과 기술을 아내보다 더 많
이 알고, 더 잘 이해했다. 아마도 이 아이가 아들이었으면 그는 아이에
게 목수 일을 가르쳤을 것이다. 지금에 와서 생각하면, 그렇게 되지 않
은 게 얼마나 다행인지 모른다.

　"아빠, 힘들지 않으세요?"

　"……"

　"벌써 1년이 넘었어요. 아빠가 이러고 계신 게."

　"아직 멀었어."

　"아녜요, 아빤 충분히 힘드셨어요. 그때 일은 작은 실수였을 뿐이에
요."

　"그래, 다시는 되돌릴 수 없는 그런 거지."

　"아니에요. 아빤 다시 시작하실 수 있어요. 아직도 젊으시잖아요."

"손이 허전해. 아니, 아예 손이 없는 것 같아."

최 목수는 굳은살이 굵게 박인 손을 뚫어져라 쳐다보았다.

"이 손 좀 봐. 떨리는 거 보이지? 망치를 쥘 수조차 없어."

딸이 그의 손을 꽉 잡았다. 힘없이 떨리는 그의 손은 차갑고 축축했다.

"아빠 손은 예전 그대로예요. 누구도 따라올 수 없는 망치질을 하던 그 손, 바로 그 손이에요."

"망치가 떠난 손이야. 더 이상 내 손이 아니야."

밤이 오면 최 목수는 잠자리에 누워 망치 잃은 빈손을 허공에 휘저으며 잠꼬대를 했다.

"아직은 아니야. 안 돼. 망치를 내 손에 줘. 난 망치 없인 못 살아."

그때마다 아내가 그의 어깨를 흔들었지만, 그는 악몽에서 쉬 깨어나지 못했다. 온몸이 식은땀으로 범벅이 된 채 넋두리 같은 혼잣말을 계속 읊조릴 뿐이었다.

"난 목수가 아니야. 목수가 아니란 말이야. 망치가 무서워. 제발 나를 가만 내버려둬……"

망치와 자신이 뒤섞이는 악몽은 매일 밤 계속되었고, 다음 날 아침이면 그는 거실 창가에 서서 연장 창고를 하염없이 쳐다보며 잠꼬대 같은 혼잣말을 들릴 듯 말 듯 중얼거렸다.

"내 손일까? 저 망치일까? 아니면 둘 다일까?"

연장 창고 앞에 서서 왼쪽 벽면에 걸린 망치를 뚫어져라 쳐다보는 최 목수의 얼굴은 오랫동안 빛을 보지 못해 누렇고 헬쑥하다. 이마와 눈가의 주름은 더욱 깊이 패고 묵직한 망치를 때리던 굵은 손목은 뼈마디만 앙상하다. 그는 주저하는 발걸음으로 망치 앞으로 한발 더 다가서며 망치를 향해 오른손을 조심스럽게 뻗는다. 망치를 쥐려는 그의 손이 부들부들 떨린다. 어젯밤 악몽에서처럼 그는 온 힘을 다해 망치를 손에 꽉 쥔다. 꿈속의 망치는 못질을 하는 대신에 그의 손을 찧고 있었다. 퍽 퍽 퍽 망치질이 이어질 때마다 그의 손에서 피가 튄다. 최 목수의 아내가 급히 119를 부른다.

경향신문에 1년 6개월 동안 썼던 글들을 다시 고치고 보태서 엮었다. 책의 부제(아주 짧은 초상화)처럼 이 글들은 여러 인물들의 초상이다.

말도 안 되는 소리겠지만, 글로 그린 그림이 되었으면 하는 게 나의 바람이었다. 아마도 어떤 인생이든, 그의 전모가 불현듯 드러나는 어느 순간이 있을 것이다. 그것을 꽉 잡고 싶었다. 거기서 한 인물의 초상이 드러나리라 싶었다. 하지만 그것은 손에(혹은 붓에) 잡힐 수 없는 그 무엇이었다.

내가 그린 당신은, 정녕 당신이 아니다. 당신조차 알아볼 수 없는 당신이다. 결국 당신의 초상은 창조 아닌 배반일 뿐이다.

표지 그림을 그려주신 류재수 선생님과 표지 글을 써준 성석제 형께 감사드린다. 모두 나에게 과분하다. 출판을 둘러싼 여건들이 녹록지 않은 시절이다. 그 어려움과 수고로움을 감당해준 정홍수 형에게 감사한다.

2015년 2월
한승오

당신만 흔들리고 있는 건 아니야

© 한승오

1판 1쇄 발행 2015년 2월 10일

지은이 한승오
펴낸이 정홍수
편집 김현숙 박지아
펴낸곳 (주)도서출판 강
출판등록 2000년 8월 9일(제2000-185호)

주소 서울시 마포구 동교로17안길 21(우 121-842)
전화 02-325-9566
팩시밀리 02-325-8486
전자우편 gangpub@hanmail.net

값 12,000원
ISBN 978-89-8218-199-3   03810

이 도서의 국립중앙도서관 출판시도서목록(CIP)은 e-CIP 홈페이지(http://seoji.nl.go.kr)와
국가자료공동목록시스템(http://www.nl.go.kr/kolisnet)에서 이용하실 수 있습니다.
(CIP 제어번호: CIP2015002525)